AF206553

Brigitte Sandberg

Besuche in Dublin
(Cork, Kinsale, Galway, Portsmarnock, ...)

Bibliografische Information der Deutschen
Nationalbibliothek: Die Deutsche Nationalbibliothek
verzeichnet diese Publikation in der Deutschen
Nationalbibliografie; detaillierte bibliografische Daten sind
im Internet über dnb.dnb.de abrufbar.

Fotos und Umschlag: Brigitte Sandberg

Herstellung und Verlag: BoD – Books on Demand,
Norderstedt

ISBN: 9 783744800525

Besuche in Dublin und weiteren Orten:

Weihnachten 2003

21.- 28.12. 2003

Der Ausblick aus seinem Fenster erinnert mich an den *Film „Eine Nacht in Buenos Aires",* an die Jugendliche mit dem Geschoss in der Schulter, die der Taxifahrer mit nach Hause nimmt, um zu versuchen, die Kugel aus ihrer Schulter herauszuschneiden und das Mädchen gesund zu pflegen. Würde er sie in ein Krankenhaus fahren, käme die Polizei ihm auf die Schliche, nämlich darauf, dass er mit gestohlenem Taxi fährt. Das Mädchen sucht später diesen Ausblick, den sie, von ihrer Bewusstlosigkeit kurz erwacht, durch das Fenster sah. Es handelt sich um eine Autobahn, Häuser an einer Autobahn, eine verlassene Gegend, von der Stadt abgetrennt, in der die mittellose Bevölkerung wohnt.

Ich blicke nicht auf eine entfernte, beleuchtete Autobahnbridge, doch erinnerte mich dieser Ausblick in ein Häusertal bzw. Dächertal daran. Rechts und links des Tals die Wände von Häusern, in der Ferne eine grüne Eisenbahn, viele, sie tauchen in Abständen vor der einen Wand auf und verschwinden hinter der gegenüber liegenden, nachdem sie das Tal durchquert haben. Wie eine Schwebebahn wirkt die railway. Außerdem - das habe ich im Film vielleicht auch ein bisschen so erlebt - ist das Leben draußen, es tost weiter weg, in der Ferne, während es hier drinnen still ist, nur die unmittelbaren Geräusche. Aber das stimmt natürlich nicht, nicht nur draußen vollzieht sich das Leben, sondern auch drinnen, es ist nur anders.

Sitze an Roberts Tisch im Wohnzimmer, so darf ich es wohl nennen. Freute mich sehr, als ich gestern aus der Sperre kam, ihn wiedersah. Es warteten Unmengen von Menschen rundherum, die alle in eine Richtung blickten, weil sie aus dieser Richtung auch ihre Angehörigen erwarteten. Es war ein großes Erlebnis, ihn dort stehen zu sehen, mit seinem Blindenstock und einer Begleiterin vom Flughafenpersonal, auf ihn zugehen zu können und ihn zu umarmen.

Der Flug über Frankfurt hatte mich sehr angestrengt. Es war stürmisch, bei dem Anflug auf Frankfurt kollabierte mein Kreislauf, ein Schweißausbruch nach dem anderen, schließlich musste ich mich in die graue Tüte übergeben. So elend erging es mir nur während der Busfahrt auf Gomera, als der Bus ins Tal die Serpentinen hinunterfuhr und noch weiter zurückliegend, auf einer kleinen Fähre zwischen Griechenlands Inseln, es war in der Nähe Santorinis, damals brauchten viele eine Tüte.

Der Flug von Frankfurt nach Dublin war dann besser - obwohl die Ankündigung schon mal Sturm ansagte -, vielleicht auch, weil man meiner Bitte entgegen kam, mich nach vorne zu plazieren. Da saß ich nun direkt hinter der business class - zum ersten Mal - und staunte, als der Vorhang zugezogen wurde, wohl damit wir, die weniger Bemittelten, nicht sahen, wie fürstlich sie bedient wurden. Während wir einen kleinen Imbiss bekamen, gab es bei ihnen warmes Essen. Es ließ sich nicht verhindern, dass ich vor mir durch einen kleinen Spalt zwischen den beiden Sitzen blickte. Man fragte die business class Kunden, ob sie

(Hochglanz)Magazine lesen wollten, wie es mit einem Baileys wäre undsofort, aber ungestört waren sie doch nicht, denn fortwährend wurde hin- und hergelaufen. Von Hamburg nach Frankfurt saß neben mir - d.h. zwischen uns war ein Platz frei - eine Stewardess, die auch in Hamburg wohnte, aber in Frankfurt arbeitete. Seit vierzehn Jahren machte sie das, da sei schon ein Sportwagen draufgegangen, sagte sie.(Huch!). Sie war sehr gesprächslustig, erzählte weiter, dass sie nicht nach Frankfurt ziehen wollten, weil ihr Mann in Hamburg eine so überaus gute Stellung hätte. Sie würde in Frankfurt den Flug nach Peking begleiten. Peking sei ihr Lieblingsort, sie hätte schon ihre ganze Familie begeistern können, indessen sei das koreanische Essen unverdaulich, weil sie alle Gerichte in Knoblauch tauchten, woraufhin sie an Bord immer „pupsen" (Hopla!) müsste, aufgrund der Blähungen, die ihr der Knoblauch verursache. Aber sonst möge sie alle Küchen der Welt.

Nun also zum ersten Mal in Dublin.
Kam heute an einem Laden vorbei, in dem sie Fleisch verkauften. Gefärbte Felle hingen gegenüber dem Tresen zum Verkauf auf einer Stange. Sowieso kommt es mir hier Basar ähnlich vor, erinnert mich an Altona, Ottensen, darüber hinaus fiel mir Amsterdam ein, Berlin, sogar Paris, auch Köln. Das Horrende ist, dass ich in keiner Stadt die Leute habe so rennen sehen, von wegen langsam gehen oder schlendern, nein, sie rennen förmlich, es sind Massen, die sich auch gar nicht an die roten Ampeln halten, der Verkehr bringt einen um, die Busse flitzen nur so um

die Ecke. Das ist atemberaubend, zu schnell, zu massenhaft, alles in allem grauenhaft. Deshalb kann man froh sein, wenn man es auch mal still hat wie etwa, als ich den **Hof des Trinity Colleges** betrat. Mein Ziel war aber die **National Gallery**, die heute am Montag geöffnet hatte und zum Thema „**love letters**" eine Ausstellung zeigte. Das war ganz schön, die Briefe lesenden oder Briefe schreibenden Menschen zu sehen. Manchmal wartete jemand, der den Brief wegbringen würde oder gebracht hatte. Die meisten Bilder zeigten Frauen, **Dutch Genre Paintings in the Age of Vermeer**. Hatte gleich das Gefühl, dass ich etwas mit den Schreiberinnen, die auf Kommunikation ausgelegt waren, gemeinsam hatte.

So erwähne ich hier, dass ich froh war, dass Lela mich zum Flughafen in Hamburg fuhr und bei mir blieb, bis wir uns verabschieden mussten. Die Stewardess aus Hamburg hatte mir gesagt, wie ich in Frankfurt zu meinem Flieger nach Dublin käme. Auf der anderen Seite des Ganges im Flieger saß eine Frau mit zwei Töchtern, die ihren Mann in Shanghai über Weihnachten besuchte, der dort arbeitete. Sie hatte auch schon fünf Jahre in Saudi Arabien gelebt, das hatte ihr gut gefallen. Aber den Frauen, die in Riad bleiben müssen, meinte die Stewardess, ginge es nicht so gut.

Gestern fragte ich Robert, ob er schon mal Heimweh gehabt habe? „Nein, überhaupt nicht!", antwortete er, fast jeden Tag, sagt er, komme ihm einmal zu

Bewusstsein, dass er sich einen Traum erfüllt habe. Er erinnere sich noch daran, wie er 2000/2001 auf der O` Connel Bridge gestanden habe und dachte, ob er es wohl schaffen würde, hier einmal zu leben, nun habe er es geschafft!

Abends waren wir noch in der Palace Bar, wo ein Geiger musizierte und mit ihm ein Gitarrist, ein Mundharmonikaspieler und ein Trommler. Da ist mir die Musik schon so richtig ins Herz gegangen.

Mein Englisch ist nicht perfekt, aber ich konnte mich doch recht gut verständigen und unterhalten. Z.B. mit einem jungen Mann, der im Beverley College for boys zur Schule geht und for the homeless sammelte. Jedes Jahr zu Chrismas schlafen die Jungs draußen wie jetzt, als ich etwas in den Topf werfe.

Inzwischen sitze ich im **Bewleys,** eigentlich ganz nett, Café latte mit croissant für 2,75 Euro, das geht. Es gibt hier zwei Räume, für Raucher und für no smoking. Ab Januar 2004 soll ja in den Pubs und Restaurants das Rauchen verboten werden. Die Holztische haben hier entweder Holz- oder Marmorplatten. Alles in allem ein bisschen nett, auch das Geschirr, etwas dicker mit rotbrauner oder weinroter umlaufender Linie. Viele lesen hier Zeitung, während sie essen oder schreiben wie ich. Die Fenster haben farbiges Glas mit Jugendstilmuster, an den Wänden gepolsterte Sitzbänke mit Rückenlehnen mit weinrotem Samt bezogen und Stühlen, die Tonetstühlen gleichen. Mir gegenüber hängen an der

Wand zwei Gemälde. Schön, dass hier jeder seinen eigenen Tisch hat.

Gestern Abend erzählte mir Robert, dass die Leute hier sehr hilfsbereit sind un das ohne viel Aufhebens davon zu machen.

Heute früh habe ich das mit dem Verkehr nicht so dramatisch empfunden, d.h. vor 10.00 Uhr waren noch nicht solch ungeheure Massen unterwegs, jedoch die Busse jagen einer nach dem anderen dahin. FahrradfahrerInnen gibt es hier kaum, zwei habe heute gesehen.

Auf dem Weg zum Café en-Seine", das mir gar nicht gefiel, versnobt, mich überhaupt nicht an Paris erinnerte, traf ich jede Menge Mädels mit längeren taubroten Röcken, ein taubes, stumpfes Rot, ein mit Asche betäubtes bzw. bestäubtes, ein Rot mit Staub bedeckt und grauen Oberteilen. Das sei ihre Schuluniform, gaben sie mir freundlich und lachend zur Antwort, als ich sie fragte. Sie verließen gerade die Kirche, in der sie im Chor mitsangen..

Im **Temple Bar** Viertel befindet sich eine Galerie, in der ich die interessante **Ausstellung „no-name-show"** sah. Alle Bilder hatten das Format 36 square, sie waren für 300 Euro angeboten. An keinem Bild befand sich der Name des Künstlers oder der Künstlerin, vielleicht sind es insgesamt 100 und international, insbesondere gefiel mir eine Gitarre, die in Abstraktion aufgelöst war. Im Geiste entwickelte ich auch ein Bild, das war auch 36 square, bespannt mit einer alten, aber intakten Leinwand, in senkrechte

Streifen geschlitzt, um diese band ich jeweils eine Schleife, man stelle sich also senkrechte Kolonnen mit bunten Schleifen vor; es entsteht zwischen den farbigen auch eine rein schwarze, sie erhält keine Schleife oder eine schwarze. Warum überhaupt Schleifen? Ich könnte ja noch waagerechte Leinwandstreifen durchziehen, also anfangen zu weben....

Von hier aus zur **Gallery für Photography**, die in einem Innenhof liegt, auf dem gerade ein kleiner Gemüsemarkt stattfindet. Ich schnappte mir einen dieser wunderschönen, geflochtenen Körbe und legte Obst und Gemüse hinein.

Die Fotogalerie zeigte schwarz-weiß Fotos zu dem Thema **„Ireland at work"**, z.B. net work, eine Schule, in der die Jungen Fischernetze knüpften, in der Mitte türmten sich zwei Berge aus Fischernetzen; ein anderes Foto zeigte Mädchen an einem langen Tisch, die unter Aufsicht stickten oder klöppelten oder Ähnliches taten, ein weiteres Foto zeigte Männer bei dem Bau einer Straße.

In dem anderen Gebäude, in dem auch der bookshop unter gebracht war, hieß die poppige, grell farbige **Ausstellung „all is intended for that you feel well"**.

Mit der schweren Gemüse Obst Tasche ging ich dann erstmal „nach Hause", mache mir dort ein warmes Essen aus Reis, Brokoli und Möhren. Bin dann noch mal zum **Gate Theatre**, dort spielen sie **„ Jane Eyre"** von Charlotte Bronté, adapted by Alan Stanford. Für den zweiten Weihnachtstag hatten sie noch zwei Karten, Reihe 20 und 21.

Auf dem Rückweg nahm ich das **James Joyce Denkmal** wahr, als ich in **Talbot Street** einbog. Er steht ganz in der Nähe von Roberts Wohnung, schaut in die Höhe, in die Luft, wo die Geister sich befinden, das Geistige, um dem Alltag zu entfliehen, der ihn vielleicht ablenkt. In der Hand einen Spazierstock und auf dem Kopf einen Hut. Er sieht ganz behende aus.

James Joyce in der Talbot Street
mit dem schwarzen runden litter.

Zwei Mädchen, vielleicht 13 oder 14, bitten mich um Kleingeld, sie sagen, sie haben ein Baby zu Haus.

Nähe **Grafton Street** gegenüber einer Kirche in der **Narrow Street** saß gestern ein alter Mann auf dem Boden, der seinen Hut hinhielt. Ein paar Meter weiter saß auf dem Steinpflaster an der Hauswand eine Roma mit ihrem Baby, zwei andere standen bei ihr, sie gab ihnen Geldscheine, dann gingen sie weg.

This morning, 24.12. 03, life in Bewleys is not as relaxed as yesterday, weil hier heute mehrere Familien mit ihren Kindern frühstücken. Ich hatte zwar den Kaminplatz, jedoch war direkt hinter mir eine große Familie mit Kleinkindern..

Als Robert nach Hause kam, begann er gleich, Gitarre zu spielen, denn er wollte einen song von Gilian Welsch lernen.

We have been to **Killney**. When I saw the sea beside the train, only separated by a little wall of old stones I felt very delighted, like a child who saw the lovely sea for the first time. Das Wetter war gut, 10°, kaum Menschen und wie wundervoll, das Geräusch des Meeres zu hören. I picked up some stones with white stripes in the middle and a shell, which looked like a chinese hat. The blind man stood there in front of the sea with his white stick. He walked faster than I and the distance between us got larger. What might he think? What are his thoughts in this moment? I called his name, he stopped walking, waited until I had reached him.

Robert hatte die Zutaten für Raclette eingekauft, schnibbelte nach unserer Rückkehr das Gemüse klein und verteilte jedes in Schalen: Pilze, Paprika, Tomaten, Zwiebeln, Käse. Dann stellte er noch ein Töpfchen Kichererbsenmus, ein Töpfchen mit Guaceamole und einen Teller mit Tomaten, Mozzarella und Basilikum auf den Tisch. Es hat vorzüglich geschmeckt. Dazu gab es Rosé. Er habe alles übers Internet bestellt, schon bevor ich kam

Nach dem Essen setzte ich mich so, dass ich aus dem Fenster blicken konnte, der Abendhimmel zeigte ein leuchtendes Rosa-Violett. die ersten gelben Lichter in den Fenstern tauchten auf. Das Haus, in dem Robert im fünften Stockwerk wohnte, wurde von unten angestrahlt, so dass der weiße Verputz der Hauswände strahlte wie ein Brautkleid. Mir war, wie wenn ich in mediterraner Umgebung wäre, auch weil hinter mir entfernte Straßengeräusche heraufdrängten. Ich erinnerte mich an Gomera, auch dort drangen die Geräusche der Straße hoch hinauf in das Hotelzimmer.

Alle Pubs hatten heute am 24.12. geschlossen. In der **international bar** waren die Leute schon betrunken. Es war so voll, dass wir uns durchquetschen mussten, um zu erfahren, dass es heute upstairs keine lifemusik gäbe.
Zurück gekehrt spielte Robert **Hans Dieter Hüsch** vor, der inzwischen dement sei.

Heute Vormittag seit vielen Jahren ein Bad genommen, wie wunderbar! Sonst stehe ich immer unter der Dusche. Ich nahm meinen Körper anders wahr, er war nicht von Schaum bedeckt, und es war nicht zu viel Wasser in der Wanne, so sah ich, dass mein gealterter Körper doch noch recht schön und jugendlich war. Welch Erstaunen! Der Badezusatz war delightful. Plötzlich hörte ich Bob Dylan und Joni Mitchell aus den Boxen im living room, Robert wollte mich erfreuen und hat songs aus vergangenen Zeiten aufgelegt.

Später ging ich im Nieselregen am Liffey entlang. Von der **O` Connel Bridge** zur **Ha` Penny Bridge** mit den verzierten Bögen bis zur **Milenium Bridge** und zurück. Auf der O Connel Bridge standen viele Männer mit Transparenten und Schildern, darauf war zu lesen: `"**Equal rights for fathers. Children need their Daddies"**.

Als ich wieder an dem James Joyce Denkmal vorbeikam, was ja täglich der Fall war, manchmal mehrere Male, hatten sich zwei Japanerinnen zu Joyce gestellt und hielten sich an seinem Hut fest, umfassten seine Krempe. So wurden sie fotografiert.

Ein Café hatte nicht geöffnet, überall waren die Rollläden herunter gelassen.

Wir beschäftigten uns alsdann damit, seine über die Jahre gesammelten und aufbewahrten Konzertkarten in einen großen Wechselrahmen unterzubringen, die Beatles revivals, Paul Mc Cartney, Billy Bragg, mehrere, drei mit Widmungen, ihn hat Robert mehrmals interviewt, dann für einen Radiosender ein feature zusammen gestellt. „Rory Gallagher, weißt du noch", sagt Robert, „da bist du mit mir hingegangen, 16 Jahre war ich, du bist noch mit mir hinter die Bühne, um den Kontakt herzustellen, und er sagte „Frollein" zu dir". „Das habe ich schon ganz vergessen!", meinte ich, „aber wenn wir mit dem Aufkleben fertig sind, könnten wir uns ihn anhören."

Ein kleiner Abendspaziergang zeigt, dass noch alle Läden geschlossen haben. Wieder in der Wohnung spielt er seinen **Kabarettauftritt** im **Hamburger Foolsgarden** vor, den ich noch nicht gehört hatte: Robert nimmt die Reaktion der Sehenden, die einem Blinden helfen wollen, aufs Korn. Sehr gelungen! finde ich.

Robert spielt noch den mecklenburgischen Liedermacher **Ingo Barz** vor, sein Deutschlandlied und zuletzt von **Hannes Wader: „Spiel nicht mit den Schmuddelkindern, geh lieber in die Oberstadt......"** Dieses Lied habe ihn bereits als Kind sehr beeindruckt.

Heute früh hingen durchsichtige Regentropfen am Geländer, als ich aus dem Fenster blickte. Sie sahen aus wie gefrorene Eiszapfen, Es hatte geregnet, ich hatte es die Nacht über gehört, denn über meinem Schlafplatz befand sich in der Decke ein Fenster, darauf prasselte es „gemütlich". In der Ferne flog am Himmel ein Vogelschwarm vorüber, genau in dem V, in dem sonst die grüne Dart Bahn aufkam und wieder verschwand. Es sah aus, als seien die Vögel mit unsichtbaren Bindfäden verbunden.

Ich stürmte hinaus, obwohl es regnete. Am O` Connel Platz gab es einen Centra Laden an der Ecke, wenn man die bridge überquert hatte, auf der heute keine fathers mehr standen, die equal rights forderten.

In dem geöffneten Centraladen bekam ich ein leckeres Croissant, dazu holte ich mir einen Café latte to go. Das war ein nettes Frühstück. Ich trieb mich dann etwas an den Bushaltestellen herum und sah, dass es mit den Abfahrtszeiten nicht so punctual war und dass man auch die Hand ausstreckt, wenn man den Bus zum Airport anhalten will. Ich sprach eine wartende, junge Frau mit Reisetasche an, sie erzählte, dass sie nach Galway wollte, an der Westküste gelegen, sie lebe dort seit 7 Jahren. Die Fahrt daure 4 Stunden und bei schönem Wetter könne man viel vom landscape sehen, für 16 Euro geht es hin und zurück. Sie war besorgt, denn ihr Bus sollte um 10.00 Uhr kommen, es war aber schon 10.20 Uhr. Sie rief deshalb die Telefonnummer auf dem ticket an, man sagte ihr, der Bus komme um 11.00 Uhr. „Unbelievable!", rief sie.

Ich erzählte ihr, dass ich bei meinem nächsten Besuch in Dublin auch beabsichtigte, Galway kennen zu lernen. Als ihr Bus endlich kam – sie hatte sich inzwischen im Centra Laden einen Tea to go geholt – sah ich noch zu, wie sie und andere einstiegen. Als sie ihren Sitzplatz gefunden hatte, winkten wir uns zu, dann ging ich fort, um die Haltestelle zum Phönixpark ausfindig zu machen, Nr.10, denn dorthin will ich vielleicht morgen.

Gehe mal die Parallelstraße zur Talbot Street „nach Hause" und komme an einer Kirche vorbei, inwendig bereitet man sich auf einen Gottesdienst vor, ältere Leute sitzen in den Bänken und warten. Nun, ich möchte der Zeremonie nicht beiwohnen und verlasse the church, um dann ganz glücklich „zu Hause" anzukommen.

Das weiß gestrichene Haus, die weiß gestrichene Balkonmauer wirken wie mit Schnee bedeckt, so glänzt die plötzliche Helligkeit.
Suddenly I saw my left grey-blue eye in the tiny mirror. Plötzlich sah ich mein linkes, graublaues Auge in dem winzigen Spiegel. Was für ein sanftes Auge! Dachte ich doch, alles an mir wäre streng!
The owl die Eule fiel mir ein, weil die Eulen eigentlich auch nur ihre Augen haben inmitten von Federn. Gut, sie haben auch eine markante Nase, die mich wiederum auf Go bringt, den Ägypter, vielmehr sein Vater ist Ägypter. Es hat sich eine Art freundschaftliches Verhältnis zwischen uns gebildet, nun, das kann auch schnell wieder vergehen oder an Nähe verlieren. Ein Kollege fragte mich, ob es im Französischen nicht einen netten Ausdruck für die Vergänglichkeit des Lebens gäbe. Mir fiel in dem Moment nur ein: La vie est fugitive. Das heißt jedoch eher: Das Leben ist flüchtig, fliehend. Er nickte und sagte, indem er eine schnelle Bewegung mit der Hand

vollzog: Wie eine Windböe! Go erzählte, dass seiner Mutter die Blase aufgehängt wurde, alles sei gut gegangen. Er hat eine sehr junge Freundin, seine Mutter ist in meinem Alter Etwas Väterliches ist ihm eigen.

Robert legt nostalgische songs auf:

A rose

A soul who can`t die cannot live/ love is only for the lucky and the strong/ but after each winter comes the spring/ and the flowers come

Angelina

Bridge over troubled water,

während sich der Himmel vor dem Fenster stetig verändert. Robert hatte für eine an Brustkrebs erkrankte ältere Freundin in Norwegen eine CD zusammengestellt, die ihr Trost bringen sollte, darunter war auch „Bridge over troubled water". Ein lichtes Rosa bricht auf, das Hellblau ist verschwunden.

Minor for a heart of gold.

Erinnerung an eines meiner Bilder, in dem ich auch Gold verwendete,

Dunkle Wolken ziehen auf.

Lady in black.

Wenig Helligkeit bleibt über, aber wieder reißt die graue Wolkendecke und Blau mischt sich ein

I wish you were here.

In der Ferne über dem Berg Helligkeit.

Lampenlicht.

Noch mal kurz raus wegen der Haltestelle für den Phönixpark Bus. Der Himmel ist in ein tiefes, samtiges bleu de phtalo getaucht, ebenmäßig, wirklich phantastisch.

Donnerstags und samstags gibt es Kabarett in der International bar, dort möchte Robert zukünftig gesprochen, seine Sache auf Englisch darbieten. Schön, dass es hier auch einen Ort gibt, wo es möglich ist, etwas auszuprobieren. Ich sagte: „Hanne vom **Foolsgarden in HH** sehe ich des öfteren auf dem Schulterblatt." Robert kennt sie gut, er hat einmal ein Radiofeature kreiert, Interviews mit KünstlerInnen geführt, die im Foolsgarden auftraten und eben auch mit Hanne, die die Bühne ins Leben gerufen hat

„Jane Ayre" hat uns gut gefallen. Auch das gemütliche Gate Theatre mit zwei netten Getränkebars und Sitzgelegenheiten, mal ein lederner Ohrensessel mit ashtray, dann Barhocker an der Wand entlang, an der ein schönes Abstellbrett aus Holz läuft, die Fenster darüber stelle man sich wie Bullaugen eines Schiffes vor. Das Publikum war sehr gesprächig in dezenter Lautstärke, überhaupt nicht darauf aus, gesehen zu werden mit schöner Garderobe, die meisten gingen mit ihren Mänteln auf ihren Platz und legten sie auf den Schoß. Vor uns hatten Leute eine größere Pralinenschachtel mitgebracht, die sie in ihrer Reihe herumreichten.
Später sagte ich zu Robert, dass ich mal eine Interpretation dazu gelesen hätte, nämlich dass die

verrückte Ehefrau von Rochester seine animalische Seite sei, die er im Kampf erst überwinden müsste, um mit Jane zusammen kommen zu können. Robert hat es lieber, wenn man Geschichten auf sich beruhen lässt, statt etwas hinein zu interpretieren. Mit einem früheren Kollegen habe er viel über Märchen gesprochen, die ja auch oft psychologisch ausgedeutet würden.

Ich erzählte ihm, dass ich viele Märchen geschrieben hätte, aber jetzt eine Alltagsgeschichte. Ich erzählte ihm die Geschichte von der Frau, die im Café unter den Linden in der Schanze ihre gerade erstandenen Flohmarktsachen auspackt und immer von einem Clou redete, der noch komme, den sie gekauft habe und der als letztes ausgepackt wurde. Es war ein Herz und das wiederum war ein Feuerzeug. Woraufhin Robert schallend lachte, weil das doch gar kein Clou sei, denn die gäbe es ja wie Sand am Meer.

Im Phönixpark befühlt Robert den Stamm einer Palme. Er sagt mir, dass die stacheligen Blätter eines anderen Baumes Holly heißen und die Mädchen, die Weihnachten geboren würden, „Holly" genannt werden. Die Vögel scheinen hier im Park zu Hause zu sein, noch lange hört man die hellen Vogelstimmen.

Auf der Rückfahrt mit dem Bus sehe ich wieder die farbigen Haustüren der Häuser, die den Straßenrand säumen: Hellgelb! Hellblau! Rot! Grün! Braun! Schwarz!

Wenn ich aus dem Flughafengebäude hinausblicke, sehe ich die Maschine angekoppelt an unseren Gang. Diesmal bat ich beim Einchecken um einen vorderen Sitzplatz. Der Gourmetwagen trennt sich vom Flugzeug, fährt weg. Texaco fährt vor. Luftfracht wird eingeladen. Jemand öffnet im Flügel eine Klappe, fährt den Schlauch dorthin, besteigt eine Treppe und hängt das Ende des Schlauchs in die Klappe.

Bin mit dem Dublin Bus hierher gekommen. An der Haltestelle traf ich ein Pärchen, die in Südengland seit einem Jahr in der Bank arbeiten, aber aus Buenos Aires stammen, sie wollen ein paar Jahre bleiben und sich Europa ansehen. In Buenos Aires arbeitete die junge Frau in einer Internet Company. Wegen ihrer sehr guten Englisch und Spanisch Kenntnisse habe sie hier ohne Schwierigkeiten die Arbeit in der Bank gefunden. Life is more quiet in South England. Sie sind schon in Paris gewesen, wo der Bruder ihres Freundes lebt.. „It`s an experience!" they both say it in a way as if they wanted to say: We need experience! We want experience!
Do people feel more save when they have a lot of experience? Do they experience life? How do people live their life, how are they going through the beauty and terrifying hell.

Leute, die aus dem Flugzeug mit Müllsäcken kommen. Große schwere Pakete werden auf ein Förderband gehoben, das in das offene Flugzeug führt

Texaco fährt weg.

We thanked each other, Robert and I. I cleaned his "window to the heaven" before I went out. No. The last thing was our embrace, unsere Umarmung, ich merkte, wie er mich zum ersten Mal drückte, sonst hatte er es eher geschehen lassen, wenn es geschah.
Auch ich war immer sehr vorsichtig.

Durch das Fenster im Dubliner Flughafen sehe ich einen Mann, der um das Flugzeug geht, he checks the body of the plane, goes around it, one sees his breath in the air coming out of his mouth.
Jetzt setzen sie unser Reisegepäck aufs Laufband, das ins Gepäckfach des Flugzeugs führt. Die zwei Männer heben schwer, denn manche Gepäckstücke scheinen viel Gewicht zu haben. Das war jetzt meine Reisetasche, sie konnte ich ausmachen, weil sie aus hellem Segeltuch ist, während die anderen fast alle dunkle Verpackungen haben.
The sun is shining very brightly. Die Leute, die hinausschauen, halten sich die Hände vor die Stirn. Noch immer wird Gepäck auf das Laufband gehoben. Ich fange an zu schwitzen, denn jetzt setzen die Beklemmungen ein, weil es wohl bald losgeht. Loslösung.
.

Now we have left the ground. I just read the sentence which quotates Nicole Kidman (" The hours") in the sunday independent. She says: "A friend of mine said to me: "You dance too close to the flame!""

We are above the sea and my body and face stößt Schweiß aus, überall Schweiß bedeckt. The sea below, the sun is shining. Is it the sea or the sky?

Above the clouds, mir ist jetzt etwas schwummerig. All people are eating, me too. "In Cold Mountain" Nicole Kidman writes love letters to her sweetheart not knowing if he is alive or dead. Ist es nicht immer so, während man sich vom anderen verabschiedet, ist doch augenblicklich danach seine Existenz für uns ungewiss, "is he alive or dead?" May be it`s toujours this state of mind in which I`m living and explains all my fears in every moment, that something might happen.

The clouds look like icy snow and Puder zugleich.
We reached the ground of Frankfurt, the weather is dark, my throat swells, déjà la langue is an deception. I`m sad, really sad. Ich leide schon an dem deutschen Pärchen neben mir. Lots of children and many people, the plane is much bigger.
Benutze den Bus bis Ohlsdorf, dort in die U1 bis Kellinghusen, von dort in die U3 bis Schlump, von da aus die U2.
It`s really dommage que je ne vis pas dans un autre pays allein schon wegen der Sprache, vielleicht in Südfrankreich, Bert ist nach Italien ausgewandert et moi, je n`y arriverai jamais.
In der Ubahn krakelt eine Frau, als die Tür sich öffnet: „Keine Frauen reinlassen! Fotzen!"

Gucke unterwegs beim Portugiesen vorbei, vielleicht ist Go dort, möchte ankommen. Go, der mich noch mit wohlwollenden Worten verabschiedet hatte, ist da, aber nimmt mich kaum wahr. So ist das wohl, an dem einen Tag ist man ein nobody, an dem anderen ein somebody.

Habe mit Robert telefoniert, bin in meiner Wohnung.

Sommer
30.6.-7.7.04

Zweimal umgestiegen, rastete kurz an einer dunkelblauen, abgestoßenen Holzbank U-Bahn Station Kellinghusenstraße. Dass wir hier noch solch wundervolle Bänke haben, es ist doch das Meiste schon aus Metall oder Plastik. Die blaue, schöne Bank hat eine hohe Rückenlehne, auf der anderen Seite kann man auch sitzen, wie das auf den UBahnhöfen so üblich ist - die Bahn fährt ja auf beiden Seiten, hin und zurück - Rücken an Rücken, dazwischen die Holzwand, das Blau ist samtig weich, abgeblättert, darunter liegt Weiß.

Im Flughafen. Warten. Am Abfertigungsschalter. Gestern Abend noch mit Robert telefoniert. Am Wochenende war er zum Bob Dylan Konzert in Galway, wer weiß, sagte er, vielleicht ist es das letzte Mal, dass Bob auftritt.
Nun am Gate 33. Unterwegs zum Gate wurden zwei Frauen in Rollstühlen an mir vorbeigefahren. Robert erzählte, dass man ihn früher auch mit dem Rollstuhl erwartete, weil es schneller gegangen wäre, er habe ihn aber abgelehnt, denn er sei zwar blind, aber nicht gelähmt.
Das erinnert mich an seine mutige sowie schlagfertige Antwort gegenüber seines Bankchefs in Hamburg, der ihn zum Gespräch bat, denn er wollte gern, dass Robert sich seine schulterlangen Haare schneiden ließ. Er hing aber daran, was nach drei Kopfoperationen mehr als verständlich war.Nach einer gewissen Zeit des Hin- und Herargumentierens, sagte Robert:"Sie meinen wohl, Haare ab oder Job weg!" Nein, das habe er ja nicht gemeint! Und damit war es gut.

Eine junge Frau setzt sich mir gegenüber, ich sage zu ihr: „Also auch nach Dublin!" Sie lächelt, wir bleiben im Gespräch. Sie lebt zwei Stunden südlich von Dublin, verdingt sich als Au Pair, nachdem sie zehn Jahre bei einem Bildungsträger gearbeitet hat und mal aussteigen und was anderes machen wollte. Da sie nie gut Englisch sprach und sie das gewurmt hat, war dies der Auslöser für den Schritt ins Ausland. Nach ihrer Beurlaubung hat sie nun gekündigt, denn sie hat Feuer gefangen, sucht eine Arbeitsstelle in ihrem Beruf.

„Wie gestaltest du deine Abende?" frage ich die 38 jährige. Da sitze sie mit einem Glas Wein auf der Gartentreppe und hänge ihren Gedanken nach. Wir stehen den Flug gemeinsam durch, sie liest verbissen, um ihre Panikgefühle zu verdränge „The captains and the kings". Ich sage, dass ich gar keine Kapitäninnen kenne, auch von Flugzeugkapitäninnen bzw. - pilotinnen hätte ich noch nicht gehört. Das sei wohl die letzte Männerdomäne, sagt sie, die noch von den Frauen erobert werden müsse.

Ich schließe die Augen, um mich zu entspannen, die Flugangst zu vergessen.

„Über den Wolken, da muss die Freiheit wohl grenzenlos sein", sage ich zu ihr und zeige nach draußen auf die weißen Schneewolken. Das Lied ist von Reinhard May, sagt sie, nicht von van Veen. Später entdecke ich Eisschollen. Dann der Anflug auf Dublin, wir blicken uns erleichtert an, als wir wieder Boden unter den Füßen spüren, vielmehr das Flugzeug. „Geschafft!", sagt sie erleichtert. Wir fahren noch zusammen zur Central Bus Station. Dort trennen sich unsere Wege.

Bei O Shea`s, ein Hotel, eine Bar und ein Restaurant zugleich an der Ecke Talbot Street and Lower Gardener Street, darf ich meine Reisetasche abstellen, denn ich habe noch vier Stunden in der Stadt zu verbringen bis Robert, der ein paar Häuser weiter von O Shea`s wohnt, von der Arbeit nach Hause kommen würde.

Sitze jetzt am Liffey, Nähe Ha`Penny Bridge. War in Winding Stairs bookshop and Café, in dem Jankowski aus seinem Buch "Myself passing by" gelesen hat. Über die Wendeltreppe geht es nach oben zum Café, in dem die Wände mit gilbenden Buchseiten beklebt sind. In das Café mag ich mich nicht setzen, ich bin allergisch gegen rot-weiß karierte Tischdecken und aus Plastik, Wachstücher nannte man früher diese abwischbaren Tischtücher, als sie aufkamen.

Hinter meinem Rücken braust der Verkehr, staut sich, verpuffen Abgase. Vor mir blicke ich auf das dahinwellende Wasser des Liffey, eingekehrkert in Betonmauern und Eisengittern, die meinen Blick rastern. „Natürlich" ist es trotzdem schön. Die Sonne gibt ihren Glanz und ihre Wärme ganz ohne Bedenken überall hin. Die Doppeldeckerbusse in der schmalen Talbot Street sind viele und unerträglich, dazu noch das penetrante Geräusch der Straßenfegemaschinen und die hastenden Menschen.

Holte meine Reisetasche von O` Shea`s, die sie in den Keller gebracht hatten. Als ich die Tür aufschloss, stand sie dort mutterseelenallein in dem großen Saal, in dem Stühle gestapelt waren und Tische beiseite gerückt. Es würde hier wohl etwas stattfinden von Zeit zu Zeit. Vielleicht ein Theaterstück.

Ich stelle Robert die Frage, die ich schon meiner Sitznachbarin im Flieger gestellt hatte, nämlich, ob man sich verändert, wenn man im Ausland lebe? Sie sagte: „Nö, es ist, wie es so schön heiße, man nehme sich doch überall hin mit". Robert sagt, bisher habe er nur festgestellt, dass er sich lange Haare habe wachsen lassen und dass er schreckhaft geworden sei. Der Verkehr hier sei übermächtig und erzeuge schreckliche Situationen und auch der Lärm gehe an die Nerven.
Wir hören „travailler, c`est trop dur", (Arbeiten, das ist zu hart), weil ich ihm erzählte, dass ich mit Hervé nach langer Zeit telefoniert habe. Robert sagt, dass er mit Hervé damals eine Schallplatte gekauft habe, auf der dieses Lied sei „travailler, c`est trop dur", das werde er morgen zu seinen französischen KollegInnen sagen, die übrigens allesamt nett seien.

Es war schwer, einzuschlafen, weil in der Wohnung darunter jemand hämmerte und bohrte. Robert sagte, das wäre schon am Vortag so gewesen, dass jemand nachts um zwei Uhr gehämmert habe. Ich nahm schließlich Ohropax und war mit mir allein.
Durch den immensen, chaotischen und lärmreichen Verkehr hat Robert seine Gelassenheit, wie er sagt,

verloren, sei dünnhäutig geworden. Er bezeichnet diese Veränderungen aber als oberflächlich.

Am nächsten Morgen trinkt er mit Genuss seinen Earl Grey, bereitet noch Zaziki für heute Abend vor, das lässt er sich nicht nehmen.

Mache ich mich auf den Weg und halte in der Talbot Street an einem Lastwagen vor Geyness, denn Robert hatte mich gebeten, doch mal zu gucken, was die jeden Tag ausladen, was die für Ware bekämen, nicht einmal die Woche, sondern jeden Tag würde da Ware ausgeliefert, stünden Pakete auf den Paneelen. Im Lastwagen saß ein älterer Mann, den ich fragte. Es handelte sich um Gardinen, um Kissen, um Stoff und um vieles andere mehr. Er sagte, dass er fünf Kinder habe, ein Sohn sei in Wiesbaden, sei dort Manager eines Pubs. Dort seien doch auch die amerikanischen Soldaten, weshalb der Pub gut besucht sei. Er selbst habe noch elf Geschwister. Aber heute würden die Menschen lieber ein zweites Auto kaufen als ein zweites Kind in die Welt setzen. Jemand kam aus dem Laden und unterbrach uns. Ich verabschiedete mich.

Als ich weiter ging und die Straßenlaternen sah, die in nur kurzen Abständen am Straßenrand standen, fiel mir ein, dass das elektrische Licht in Roberts Wohnung brannte, als ich eintrat. Ich hatte ihm das gesagt und er meinte, das brennt dann wohl schon seit Wochen.

Im **Stephen`s Green** werfe ich einen cent in den Springbrunnen, in dem schon viele cents liegen. Komme an einer Sitzbank vorbei, in der folgender Text eingraviert ist:

"As we sat we discussed the prevailing ideology and how it makes us believe that there is a natural and normal way of thinking. We knew we had to resist this in order to understand the world for ourselves. We realized we were no longer able to accept the way things are. We could now begin to imagine other futures and to change the way we live." Ich fand keinen Autor dieses guten Textes und fragte eine herannahende, junge Frau. Sie sagte, dass sie bemerkt habe, dass die Bank beschrieben sei, aber nie angehalten habe. Sie las auch jetzt nicht, sondern ging ihres Weges.

Am Ausgang eine Plastik von mehreren Figuren namens „Famine", Hungersnot, von Edward Delaney.

Es ist jedoch nicht zu verwechseln mit dem „Famine Denkmal" am Liffey.

Im kleineren **Merrion Square**, der nicht weit entfernt liegt, gehe ich auf einen noch zarten Baum zu, weil eine Schrifttafel angebracht ist, wie ich lese von der **Ireland and India cultural Society**: „This tree was planted by Mr.James Flavin, Ambassador to India 1998 to commemorate 50 years of India`s Independance".

Etwas weiter sehe ich einen Kopf, **„Tributed Head"** steht auf dem Schild, 1975, **von Elizabeth Frink.** „Donated in 1982 by Artists of Amnesty. Unveiled by the right honourable The Lord Mayor of Dublin, councillor Dan Browne on South Africa Freedomday June 25 th 1983 in the 20 th year of imprisonment of Nelson Mandela, Leader of the African National Congress of South Africa".

Dieser kleine Park hat es in sich. An einem Lorbeerbusch steht auf einer Tafel geschrieben: „To commemorate **the ALONE Organisation**" und auch zum Gedenken an „the elderly people of this city".

Bevor ich zu dem „tree of life" komme, begegne ich noch einer **sitzenden Frau mit Harfe**, es steht geschrieben: **Dublin Art Foundation**.

Der **„tree of life"** ist eine Eiche und ein längeres Gedicht auf einer größeren Tafel lautet:

„ A tree on a moonless night/
 has no sap of colour./
It has no flower and no fruit/
It waits for the sun to find them./
I cannot find you/
in this dark hour/

dear child/
wait/
for dawn/
To make us clear for one another/
Let the sun/
inch above the rooftops./
Let love be the light that shows again/
the blossom to the root.

Unter dem Gedicht steht der **Verfasser Eavan Boland und „National Maternity Hospital 1894 – 1994"**
In einer anderen Ecke des Merrion Square gibt es eine **Oscar Wilde Plastik** commissioned by Guiness Ireland.

On my way back zum Liffey kehre ich in die **Taylor Galleries**, Kildare Street, ein, **Helen Comerford** stellt **„encaustic paintings"** aus. Encaustic bezieht sich darauf, dass sie in ihren Bildern Wachs verwendet. **„Loaves and Fishes"** Brotlaibe und Fische heißen die Bilder. „Ihr Vater war Bäcker", sagt der Galerist. Auf jedem Bild ein Kreuz im oberen Bildteil. Also doch biblisch. Zurückhaltende Farben. Ein Taubenblau. Weißliches und Dunkles. „Die Malerin studierte in Dublin, Belfast und Uetrecht, lebt in Kilkenny". „Thanks for coming in!", sagt der Galerist zum Abschied. Er hatte mich in die mehrstöckige Galerie gelassen, obwohl sie und auch die Ausstellung noch nicht geöffnet war, aber ich war eingetreten, weil die

Tür auf stand. Die Vernissage würde erst in ein paar Tagen stattfinden.

Als wir im Talbot Restaurant 101 treffen, finde ich in Raychel eine aufgeschlossene, liebenswürdige, interessierte, junge Irin. Nach dem Essen lädt Robert uns noch zu einem Tee in seine Wohnung ein. Er spielt uns seinen neuen song vor, Raychel bat ihn darum, sie staunt über seine poetische Ausdrucksweise, während ich so gut wie gar nichts verstehe. **Die Strophen besingen fiktive Erlebnisse von berühmten blinden Personen.** Helen Keller hypnotisiert drei blinde Mäuse, Ray Charles überfährt Robert fast, in seinem Kofferraum sitzt der Bluessänger Sunny Terry, der immer barfuß auftrat, Jeff Healy kommt vor, Louis Braille, ich weiß aber die phantasierte Begebenheit nicht mehr, ein blinder Bettler begrüßt ihn, Ampeln verwandeln sich in Stalagmiten, Sehende zerren Robert in alle Richtungen, Schulkinder behaupten, ein Bus käme, er denkt, sie wollen ihn an der Nase herumführen, aber dann hat er ein Rad in der Hand und weiß, dass sie ihn nicht betrogen haben, Hunde, die ihn alle führen wollen, werden zu kleinen – oh ich hab den Namen vergessen, ganz kleinen Hunden.

Raychel hat noch vier Geschwister, sie ist schon mit 18 Jahren in die Stadt gezogen, ihre Familie wohnt in einem kleinen Ort. Sie und Robert haben sich über Musik kennen gelernt, sie hat ihn, wenn sie Zeit hatte, bei seinen Wohnungsbesichtigungen begleitet. Die

Vermieter dieser Wohnung dachten, sie wollten beide einziehen, aber haben dann auch nichts dagegen gehabt, dass Robert alleine einzog.

Nachdem Raychel gegangen ist, reden Robert und ich noch über dieses und jenes. Er sagt, dass ihn seit Tagen eine große Müdigkeit befallen habe. Er erzählt, dass er auf der Arbeit regelrecht schuften muss, sich keine Pausen gönnt wie die anderen, die sich sehr oft in die Kaffeeecke zurückziehen, weil er unvergleichlich viel länger brauche als seine KollegInnen, um dieselbe Arbeit zu erledigen. Es sei für ihn als Blinden kaum zu bewältigen, mit der Maus spielend umzugehen, die **SAP** Software sei aber hauptsächlich auf Mausbetätigung ausgelegt, mit windows habe er dagegen nie Probleme gehabt. In der Spätschicht arbeite er regelmäßig eine Stunde länger und ohne Pause, um seine Aufgaben zu schaffen. Das ist nicht auf ewig durchzuhalten. Es muss sich etwas ändern.

Letzte Woche hatte Robert am Schlagzeug und Tony, ein blinder Gitarrist, eine Jam Session. Einige von der Band, die Pause machten, haben mitgespielt und morgen folge die zweite Jam Session.

Er staunt, dass ich schon 100 Minuten von meiner Kurzgeschichtenlesung gesprochen habe. Er wird am Wochenende die Textmarken setzen.

Das Wetter ist sehr schlecht, ich selbst war heute morgen auch schlecht zu Wege. Schrieb am Liffey eine Karte an Hervé und formulierte doch tatsächlich einen Brief an Joel, so weit war es mit meinem FIN gekommen. Ich hatte auch eine Ansichtskarte für ihn gekauft mit der Ha`Penny Bridge, auf die schrieb ich: „The Bridge over troubled water" und in dem Brief hatte ich sogar gefragt, ob es für uns eine Bridge over troubled water gäbe. Aber weder den Brief noch die Ansichtskarte schickte ich ab.

Heute schon drei Blinde gesehen, einen älteren Mann von vielleicht 65 Jahren, in der Nähe des Gardens of remembrance, der schon seit 50 Jahren blind war wie er mir sagte. Während er sich mit mir ein wenig unterhielt - ich hatte ihn angesprochen -, ging er weiter und sagte, als ich mich verabschiedete, denn ich wollte ihn ja nicht bis nach Hause begleiten: „Good look!" Wünschte er mir gutes Sehen? Nein, natürlich meinte er „Good Luck!" Es war die irische Aussprache, die mich nicht gleich erkennen ließ, was er gesagt hatte.

Eine dicke, blinde, jüngere Frau auf der O` Connel Street, die mit ihrem Stock mehr auf das Pflaster des Bürgersteigs schlug, als dass sie ihn hin und her bewegte. Es regnete, sie war im kurzärmeligen schirt, hatte ihren Blick nach unten gerichtet, ich sprach sie nicht an. `

In derselben Straße sah ich noch einen jüngeren, blinden Mann, der es eilig hatte. Es regnete ja auch wieder.

Etwas später höre ich auf der anderen Seite der Talbot Street dieses Geräusch, dass mich an das Aufschlagen einen Blindenstocks erinnerte. Als ich rüber schaue, ist es tatsächlich eine blinde Person, wahrscheinlich will sie sich in dem dichten Verkehr auf dem Bürgersteig Gehör verschaffen, vermute ich. Robert, dem ich später davon erzähle, meint, dass sie sich aber so ihre Stöcke kaputt machen. Er probiert es aber auch aus in den nächsten Tagen und meint, dass er damit bei den Passanten keinen Erfolg erzielte.

Mit dem engen, fensterlosen Fahrstuhl in die Wohnung. Es gibt hier keine Treppe. Die Haustür öffnet sich nur mit Magnetkarte.
Das Aufnehmen meiner Texte ist anstrengend, aber es gefällt mir, vor dem Mikrophon zu sitzen und zu lesen.
Als Robert von der Jam Session im JJs zurückkam, sagte er, es sei ein grandioser Abend gewesen. Raychel sei auch mit Freundinnen dagewesen, sie habe gleich vorne an der Bühne gesessen. Er sei sogar aus Begeisterung umarmt worden. Der Schlagzeuger der Band habe ihn gefragt wie er das Schlagzeug fände. Wenn der Schlagzeuger einen das frage, heiße das so viel wie dass man ernst genommen werde.

Wieder am Liffey, es regnet, es ist kalt.
Jemandem, der darum bat, mein Croissant gegeben, er nahm es dankbar, ich hatte noch ein zweites. Gestern meinte eine von den beiden jungen Roma, ich sollte ihr meinen Regenschirm geben, den ich gerade

aufgespannt hatte, sie wies auf ihr Baby, das sie im Arm hielt und gerade mit Tüchern bedeckt hatte.

Je me suis achetée « **le monde »,** il y a une interview avec **Susan Sontag** et un article sur George Sand. J`ai déjà commencé à le lire.
J`ai fini l`article. Zwischendurch sah ich auf das dahin fließende Wasser des Liffey. Jetzt, wo ich wieder französische Wörter getankt habe, fühle ich mich besser. Susan Sontag ist dreimal an Krebs erkrankt. Das dritte Mal zeigte sich eine schlimme Depression, die sie zerstören wollte. Sie hatte kein Interesse mehr an der Welt, an den Zeitungen, à quoi ca sert, je vais mourir. Aber dann hat sie es doch geschafft, sich wieder zu engagieren.

Auf dem Rückweg fällt mir die weiße Schrift an den Kreuzungen auf, es steht „Look left" oder „Look right", das ist wohl für die Touristen, die sich an den Linksverkehr erinnern sollen.
In der **More Street** befindet sich jeden Tag bis 18.00 Uhr ein Obst- und Gemüsemarkt, kaufe hier noch die fehlenden Gemüse für das Essen mit Eve.

Später ging ich ins Internet Café. Am Tresen hatte ein Kongolese Dienst, wir sprechen Französisch, bien sûr. Er erzählt mir, dass er vor fünf Jahren noch ein schlechter Mensch gewesen sei, drogenabhängig und er habe gestohlen. Aber dann habe ihn jemand angesprochen, ihm vom „Seigneur" erzählt, der alle Menschen, auch die schlechten, annimmt. Er sei in die

Kirche gegangen und fühlte sich durch die Predigt angenommen, seitdem sei der Seigneur immer bei ihm. Er habe sein Leben völlig verändert und Aufgaben in der Gemeinde übernommen. Er meint, dass die Sache mit der Sünde und der Strafe nichts mit Gott zu tun habe, sondern mit den Gesetzen, die die Menschen aufgestellt hätten. Im Neuen Testament sei Jesus Christus für unsere Sünden gestorben, deshalb dürften wir uns befreit fühlen und bräuchten keine Bestrafung befürchten.

Im Norden der Talbot Street befindet sich das
Internetcafé, wo der Kongolese arbeitet.

Heute morgen, Sonntag, am Liffey mit Croissant und Café latte, korrigiere „das Tier" bzw. löse die Personenverwirrung durch Namensgebung auf. Robert war von der Textpassage über „das Ohr" in dem Text „MOMa" begeistert, weil er sich hineinversetzen, lebhaft, bildhaft sich die Situation vorstellen konnte wie das Ohr im immergleichen Abstand vor mir herfuhr, der Schall meiner Worte in dem Ohr der Person kitzelte undsofort. Er meinte, das Ohr sollte ein eigener Text sein.

Hörte noch mal Barbara Allen, diesmal von Bob Dylan gesungen. Robert spielt mir ein Lied von einem Sänger vor, in dem es auch um dieses Thema geht. Diesmal will ein Mädchen sterben, weil ihre Liebe nicht erhört wird. Der Mann besinnt sich dann aber anders und es gibt ein glückliches Ende auf Erden. Barbara Allen besinnt sich auch, aber da ist der Mann schon tot. Die Vereinigung, indem sie sich das Leben nimmt und neben ihm begraben wird, ist nur noch symbolischer Natur.

Am Liffey unterm Regenschirm. Lese den Artikel über **George Sand in der Le monde**. Danach in dem gemütlichen **Bookshop Chapters in der Middle Abbey Street** mit einem großen **Antiquariat** im Souterrain.
Gestern hatten Robert und ich schon den Katalog der Blindenhörbücherei durchforstet und alle Titel herausgeschrieben, die ihn interessieren und die er bestellen möchte.

Als ich Chapters verließ und die Straße zur O` Connel Bridge hinunterging, bemerkte ich einen Farbigen, der aus einem Litter, einem Abfallkorb, einen schwarzen Stockschirm herauszerrte. Als ich vorbeiging, steckte er ihn wieder zurück, vielleicht aus Scham. Ich sagte, "It`s a good umbrella!" Daraufhin zog er ihn wieder aus dem Mülleimer heraus und öffnete ihn. Eine Speiche war aus der Befestigung geraten. Ich meinte, „It doesn`t matter" und ging weiter. Als ich mich das erste Mal umdrehte, hatte er den Schirm noch in der Hand und versuchte offenbar die Speiche in die Fuge zu bekommen. Als ich mich das zweite Mal umsah, hatte er sich bereits mit dem Regenschirm auf den Weg gemacht, suchte aber im Gehen einen Platz an seinem Körper, an dem schon seine Gitarre hing und eine größere Tasche. Ich freute mich, dass er ihn mitgenommen hatte, denn es regnete hier unaufhörlich mit kurzen Pausen. Als ich mich das dritte Mal umschaute, hatte der Regenschirm seinen Platz gefunden, und er selbst klimperte auf der Gitarre. Ich verlangsamte meinen Schritt, denn ich wollte wissen, ob er gut Gitarre spielen könnte. Ich wartete sozusagen auf ihn. Er fragte sofort, ob es mein Regenschirm sei und wollte ihn schon aus seinem Gepäck holen. Ich wies auf meinen kleinen Schirm und sagte, ich habe einen. Er war beruhigt, ich fragte ihn nach seinem Handwerk. Er spiele den ganzen Tag Gitarre, antwortete er, auf der dritten Brücke und spielte mir etwas vor, das ich nicht schlecht, aber auch nicht hervorragend fand. Er fragte mich, ob ich aus Deutschland käme, seine Schwester lebe in

Düsseldorf. Schließlich kamen wir sogar noch auf das Thema, dass man im Laufe seines Lebens mal unten und mal oben sei. Times they are changing.

Robert hatte für Eve Essen vorbereitet, Hähnchenschnitzel mariniert, sie gefragt, welchen Wein sie trinken möchte, Salat zubereitet.

Zurück am Fluss erschrak ich, weil er fast ganz leer war. Times they are changing. Heute Nachmittag würde er wieder voll sein, was viel beruhigender war, man könnte wieder aufs Wasser blicken und sehen wie er unsere Sorgen mitnahm.

Auf dem Weg zu Chapters sehe ich im Vorübergehen durch ein Schaufenster im Inneren des Ladens ein Reklameschild auf dem Fußboden stehen, worauf die Sonne fällt, auch durch die Schaufensterscheibe hindurch. Im Geiste male ich aufgrunddessen schnell ein Bild, hellblaue Fäche, die sich vom Außenrand ins Innere schiebt, welches dunkel PreußischBlau ist.

Im Souterrain bei Chapters finde ich **Rimbeaud, ouevres poétiques,** auf der Titelseite die Zeichnung seines Portraits, ça tombe bien, das passt gut, denn zu Hause in Hamburg lese ich gerade seine Biografie (von Yves Bonnefoy), auf dem Titelblatt sein Portrait. Außerdem finde ich hier noch ein Buch von **Madame de Charrière: Caliste, lettres écrites de Lausanne.**

Heute ist mal die Sonne in der Stadt, sie begleitet alle auf ihren Wegen hin zu ihren Zielen oder auch auf ihren ziellosen Wegen.

Die Liegewiesen in **St.Stephens Green** sind voll, auch im **Merrion Square Park, im Trinity College** dagegen lag auf der großen Cricketwiese nur ein Mensch, aber einige Läufer waren außer Atem und die vereinzelten Bänke belegt.

Mein Ziel ist **der Iveagh Garden**, der hinter der concert hall liegt und das ist mein heutiges highlight: Ein Wasserfall über einem hohen Steinturm, mit halbkreisförmigen Grundriss, stürzt rauschend hinab Das ist wunderbar wie auch dieser alte Park, Hinter dem Wasserfall, dem Steinturm, ragen hohe Bäume auf, neben ihm, zu beiden Seiten hellgrüne, ihre Schwingen ausbreitende Farne. Es gibt hier auch noch zwei sich gegenüberliegende Springbrunnen. Im kreisförmigen Becken steht eine Frau oder ist es ein Mann oder ein Mann und eine Frau in langem Gewand, die auf dem Kopf eine große, runde Schale tragen, über deren Rand das Wasser in das Becken hinunterfällt.

Im runden **Rosengarten des Iveagh Garden** an duftenden Rosen gerochen, blaue Blumen säumen die Kreislinie des Rondells. Viele Hollys. Gehe nun auf eine große Figur des Springbrunnens zu. Jetzt sehe ich erst, dass sie im Rücken große Flügel trägt, dann ist es wohl ein Engel. Ich setze mich auf den Rand des Wasserbeckens. Im Wasser schwimmen zwei Rosenblüten. Der Engel oder die Engelin hat ihren Fuß auf eine Schlange gestellt, dicht hinter ihrem Kopf. Möglicherweise bedeutet es, dass sie das Schlangenwesen beherrscht, die Schlangenkraft besiegt hat. Ich frage die beiden jungen Männer, ob sie die Bedeutung der Skulptur kennen. Sie verneinen, meinen, dass sie sich darüber noch nie Gedanken gemacht hätten, obwohl sie oft hier verweilten.

Am Ausgang frage ich noch einen Herrn, er sieht so aus wie ein Herr, wo es in Dublin ein cemetery gäbe. Er fragt mich, ob ich das ernst meine, ob ich einen **graveyard** meine, dort, wo die toten Leute liegen. Ich bestätige, dass ich genau diesen Ort suche. Er nennt mir einen graveyard in der Nähe der **Botanischen Gärten** und einen in der Nähe des **Modern Art Museums** und dieser Garten, so sagt er, der **Iveagh Garden** gehörte der Guiness Familie, er zeigt auf das Haus hinter den Büschen und der Wiese, in dem sie wohnten.

Auf dem Rückweg über St.Steaphens Green, über **Williams Street,** Grafton Street meide ich, aus ihr quillt ein Menschenmeer, und wieder am **Liffey** Nähe Ha`pennyBridge. 15.00 Uhr, der Fluss ist voll, was mir Freude bereitet. Er glitzert, glänzt, schaukelt. Ich habe mit Flüssen nicht viel Erfahrung, aber dieser hier ist mir ans Herz gewachsen, er ist so dicht, so nah, so vertraut, seine Wellen, sein tumultartiges Spiel.Ich liebe die Menschen, die sich durch ihn beruhigt fühlen und deshalb auf den Holzbänken sitzen bleiben. Als wenn der Fluss sie alle vereinigt, stumm lassen sie alles in sich geschehen, vorüberfließen, schließen Frieden mit sich, auf die eine oder andere Weise. J`ai peur de rentrer et de perdre tout ce que j`ai ici.

Das Wasser fließt jetzt sehr schnell, obwohl es kaum Wind gibt im Vergleich zu den anderen Tagen. Als wenn er es jetzt ganz eilig hätte, zu seinem Ziel zu kommen. Das junge Pärchen links neben mir, kurz erwacht, legt sich wieder nieder, die Beine und die Lage neu arrangiert. Andere Leute schreiben, lesen, essen, halten die Augen geschlossen, hinter denen sie träumen oder vielleicht ein bisschen schlummern. Wir sitzen alle auf derselben Bank, sie ist lang und säumt den Fluss, unterbrochen von Blumenkübeln und den runden Littern.

Ein junges Mädchen fragt ein anderes junges Mädchen, ob sie sie mal fotografieren könne. Das lässt sich machen. Für das Foto zieht sich das Mädchen die Jacke aus, so dass sie im ärmellosen Shirt da steht. Sie möchte, dass hinter ihr die Ha`penny Bridge mit auf das Foto kommt. Es passiert alles so wie sie es wünscht. Danach zieht sie sich die Jacke wieder an und geht fort.

Mir gegenüber auf der anderen Seite des Liffey ist an einem hoch aufragenden Pfeiler ein roter Rettungsring angebracht. Der Mann der auf der anderen Seite am Ufer spazieren geht, bleibt genau an der Stelle stehen, an der sein Kopf in dem roten Rettungsring steckt.

In einem der Sträßchen von **Temple Bar** einem Straßensänger und Gitarristen mit langem und weißen Haar und zwei Hunden ein Geldstück in den Sack geworfen, der bereits voller Geldstücke war, aber ich wunderte mich, dass es ausnahmslos 1, 2 und 5 cent Stücke waren. Ich hörte sein irisches Lied noch lange, die Sänger wirken auf mich wie eine Art story teller.

Sicher ist es wieder eine lange, wehmütige, bodenständige Abhandlung..

Zwei Polizisten, die hier entlangkommen. Als ich später Robert davon berichte, sagt er, er sei froh drum, denn er sei schon mehrmals angegriffen worden.

Schon früh am Liffey, 8.00 Uhr, sein Wasserstand ist der niedrigste und der Lastwagenverkehr der aufwendigste. Gibt es überhaupt noch eine Nacht, in der es still ist und alles in den kleinen Tod fällt, in dem noch geträumt wird, dem Schlaf?

Vor der **immigration office** eine Menschenschlange.

Gehe direction **Dublin Port** entlang dem Liffey, vorbei an dem **Custome House**, dann weitet sich der Fluss. Auf dem Weg The Famine Statues, the **sculpture** commemorate „**The Great Famine",** die große Hungersnot, between **1846 – 1851**, Irland verlor 1 Million Menschen. Das Denkmal besteht aus mehreren Personen und einem Tier, die verstreut auf einem Quadrat stehen, alle in dieselbe Richtung blickend, ihr Bündel in Händen vor der Brust haltend, ein Mensch trägt ein Kind auf der Schulter. Auf dem Boden ist eine Platte eingelassen, auf der steht:

„ I feel this sculpture is not complete until the figures are crossing a sea of names, names cast in bronze and set into the cobble surround, thousands of names, names of those who have pledged to care."
Rowan Gillespie (sculptor).

Lese noch auf derselben Tafel:

"By featuring your name on Irelands Famine Memorial you commemorate the past and contribute to Irelands future. The funds are raised through this project will assist the homeless, unemployed and disadvantaged youth of Ireland. To reserve a place for your name, please phone the Irish Famine Commemoration Fund on 01-6685355".

Komme wieder an der immigration office vorbei, weil ich zum Bus gehe, der mich zum Modern Art Museum bringt. Von der Menschenschlange ist niemand mehr übrig.

Eine Allee führt zum Museum, nachdem man durch einen hohen Torbogen gegangen ist. Rechts und links der Allee hinter alten Steinmauern, über die Bäume ragen, vermute ich den Friedhof. Vögel begrüßen mich in der stillen Allee, in der ich jetzt auf das Museum zugehe, das früher ein **Soldatenhospital** war. **The graveyard, d**er Friedhof, wie ich von einem Museumsmitarbeiter, der mir entgegenkommt, erfahre, beherbergt auf der einen Seite die Offiziere und auf der linken die Soldaten, zum Teil mit ihren Angehörigen. Dieser graveyard ist für die Öffentlichkeit nicht zugänglich, nur für kleine Künstlergruppen, die dort still malen.
Ich nähere mich dem Soldatenhospital, links und rechts sind jetzt große Wiesenflächen, kleine, gelbe Butterblumen wachsen vereinzelt darinnen und viel weißer, verblühter Klee ist verblieben.
Im **Museum** stellt eine **italienische Künstlerin** namens **Manzelli** aus. Bin etwas irritiert und frage die Aufsicht führende Kunststudentin, wie ihr die Bilder gefallen, auf denen je eine Frau zu sehen ist im verlorenen Feld. Die Frauen strahlen in gewisser Weise, was aber im Widerspruch zu der ganzen leblosen und lieblosen Szene steht. Als wenn die Frau ihr Schicksal einer Gefangenen in ihrem Interieur und Exterieur überspielen will, zunichte machen will für

den Zuschauer, den sie für sich einnehmen möchte offenbar. Sie braucht seine Aufmerksamkeit um ihr Schicksal zu vergessen, um im spectateur aufzugehen, der sich ihrer annimmt. Zum Schluss habe ich das Gefühl, ich bin in einem Bordell, das klingt heftig, aber die Frauen bieten sich hier alle auf eine scheinbar harmlose und doch so pikante Weise an. Sind nie vollständig bekleidet, sondern konfrontieren mit Nacktheit an bestimmten auffälligen Stellen

Die Kunststudentin meinte, dass ihr diese Bilder nicht gefallen, sie gebrauchte das Wort *„stupid"*, dumm. Sie habe die Eröffnung mit der Malerin erlebt, ihr wurden viele Fragen gestellt, aber sie habe sie nicht beantwortet, sondern immer nur darauf gepocht, dass ihre Frauen „schön" seien. Sie wurde auf die Narben einer Frau angesprochen, auf deren nackten Arm, das würde doch auf eine Geschichte hindeuten. Das habe sie bestritten und abermals betont, dass sie nur an der Schönheit der Frau interessiert gewesen sei.

Als ich unten die junge Frau an der Rezeption frage, sagt sie, dass ihr die Bilder gefallen haben. Warum? Sie lacht, weil ihr noch niemand diese Frage gestellt habe und sie auch nicht darüber nachgedacht habe. Sie überlegt und antwortet, ihr gefielen die bis in alle Einzelheiten ausgemalten Details wie zum Beispiel die Schmetterlinge auf der Haarspange oder die Blumen auf dem Kleid.

Sie erklärt mir noch den Weg zu **Marc Twinn**. Die Ausstellung heißt **„flesh".** Ich bin skeptisch, habe ich doch die Ausstellung der präparierten Leichen in Deutschland nicht besucht. So frage ich sie auch gleich, ob sie die „flesh" Ausstellung mochte, sie nickt, sagt überzeugt, auch die habe ihr gefallen. Auf dem Plakat ist eine Bronze Figur.

Mich erinnern die aufgeschnittenen Tierleiber an mein Elternhaus, in dem geschlachtet wurde und die Schweinehälfte in der Waschküche hingen, wenn ich von der Schule kam. Ein Titel lautet: „Mutter und Kind" (Lamm). Aber ich finde, sie posieren wie menschliche Körper. Deshalb finde ich das Ganze ambivalent, denn die Posen sind zum Teil sehr elegant. Natürlich erschreckt der leere Körper, aber er präsentiert sich immer noch, das ist irgendwie genauso absurd wie die Präsentation der Frauen von der italienischen Künstlerin. Diesmal hat die Aufsicht ein junger Mann. Er antwortet auf meine Frage nach einem Zögern. *Die Ausstellung gefällt ihm überhaupt nicht, sagt er, sei langweilig und mache depressiv.* Er fragt mich, ob ich Künstlerin sei. Ich nicke. Er auch, hat Kunst studiert, erzählt mir, dass er während des Studiums Gelegenheit hatte, Babys in ......, während hinter ihm auf dem Tisch Leichen lagen, zerschnitten. Einen ganzen Tag lang habe er dort gezeichnet und als er später in der Grafton Street die vielen Menschen sah, habe er gedacht, dass keiner von ihnen das erlebt hätte, was er erlebt habe, nicht einmal das ganze medizinische Personal.

Mir scheint, es war eine ihn sehr prägende Erfahrung, die ihn vielleicht auch depressiv gemacht hat. Der junge Mann rührte mich mit seinen Gefühlen an, ja, das kann man nicht vergessen.

Auf dem Rückweg kaufe ich bei Chapters noch **„La chute" von Camus.** Mein Rückweg führt mich diesmal am **Education Center** vorbei, das hinter Gittern liegt. Auf dem Gelände sehe ich durch die Gitterstäbe eine große Skulptur, eine offene Hand, als Schale geformt. Habe meine eigenen Gedanken aber frage mal die Pförtner, einer sagt, das heiße jetzt „**friendship**", der andere sagt, früher hieß es „die Hand, die die boule aus dem jeu de boules gehalten habe".

Die geöffnete Hand auf dem verschlossenem „education center",, die jetzt „friendship" heißt.

Später als ich Robert von den Ausstellungen erzähle, erinnert er sich an eine **Radiosendung** mit einer **irischen Künstlerin, die aus Toilettenpapier Obst herstellte**. In feuchtem Zustand modellierte sie das Obst und fotografierte es auf einem großen Tisch. Die Farben leuchteten, als wenn es sich um frisches Obst handelte. Er würde zwar lieber Musik machen, sagte Robert, aber das habe ihn fasziniert.

Der nächste Morgen. Mein Abreisetag. Der Abschied naht, ich umarme ihn vorsichtig, er drückt ein wenig fester, dann schließt sich die Tür.

„Save journey!", wünscht mir Austin, der Kioskverkäufer`vom „nuts corner" in der O` Connel street. Ich kam ja so oft bei ihm vorbei und erzählte ihm, dass ich nun abreise. Auch der Türsteher von Chapters winkt mir zu, als ich mit Reisetasche am Schaufenster vorbeigehe.

Im Departure Gate C46. Aber erst einmal geht eine Maschine nach Paris, dann nach London.
Eine junge Frau setzt sich zu mir und erzählt mir in heller Verzweiflung, dass sie die letzten vierzehn Tage nur geweint habe, weil sich ihr Freund von ihr getrennt habe, sie verstehe das überhaupt nicht. Jetzt fliege sie nach Hause, sie stamme aus FuerteVentura. Seit ein paar Monaten sei sie in Dublin, um Englisch zu lernen. Aber jetzt müsse sie zu Hause Trost suchen. Ihr Freund habe sie vor vollendete Tatsachen gestellt,

es sei sehr schwer für sie. Doch wolle sie positiv denken, das hieße für sie, dass es keine Probleme gibt, sondern nur Lösungen.

Ich stelle mich unter die Ventilatoren, da ist kein Mensch und es geht mir besser. Denke an Joel, von dem ich plötzlich darüber informiert wurde, dass er eine schöne und jüngere Frau gefunden hätte, die ihn glücklich gemacht habe etc..Die kühle Luft bekommt mir. Ca me fait du bien. Das sagte auch Joel einmal, genauer, er sagte : Ça m`a fait du bien. Er meinte unser Telefongespräch, in dem er auch sagte: T`as une belle voix! Ich erinnerte mich an den **Film Casablanca,** als der Typ sagte: „T`as des beaux yeux, tu sais!"

Im Flugzeug habe ich einen Fensterplatz, sehe vor uns die Air France einige Minuten warten. Beobachte wie sie Anlauf nimmt, schließlich fast senkrecht in die Luft aufsteigt. Bald darauf sind auch wir aufgestiegen, sehen unter uns das Meer.

Es ist schon komisch, was man zu welcher Zeit so denkt, denn ich dachte in diesem Moment an meinen Vater, dass ich seine Ablehnung akzeptiere, er war schließlich auch nur ein Mensch. Was kann er dafür, dass er mich ablehnte, weil ich nicht seinen Vorstellungen entsprach? Er ist unschuldig, denke ich, innocent, ich verzeihe ihm die Ablehnung seiner Tochter. Und das hoch über dem Meer, sogar über den Wolken, nahe dem Himmel. Darüber muss ich lächelnd den Kopf schütteln. Ein Baby in diesem Flugzeug schreit aus Leibeskräften, das Leben schreit mit aller Kraft. Die weißen Wolken des Himmels vermischen sich mit dem blauen Meer. Das Meer und der Himmel vereinigen sich. Je lis „la chute" de Camus au dessus des nuages. Die wahre und die unwahre Person vermischen sich.

Zu Hause angekommen. Mit Robert telefoniert, um zu sagen, dass ich gut gelandet bin und um nochmal Danke zu sagen.

Jahresende 2004
Dritter Besuch

Bin wie bei jeder Reise aufgeregt, denn das mobilisiert alte Gefühle, die sich fürchten, sich nicht zurechtfinden, alles im Dunkeln bleibt, es keine Ankunft gibt und keine Rückreise.

Die erste Reise war eine Flucht, ein Fluch, aber die Eltern sagten „Reise" dazu. Eine Flucht ist manchmal eine Reise und eine Reise manchmal eine Flucht. Schritt für Schritt geht es vorwärts, man entfernt sich vom Ort des Grauens, der die Heimaterde geworden war. Sie wird nicht mehr umgepflügt werden, mein Vater war Bauer, er hatte zum letzten Mal seinen Acker umgepflügt, bevor er sein Land und das Land verließ.

Aber die allererste Reise war wohl die Reise auf die Welt, die dunkle, mütterliche Gebärmutter verlassend, in der niemand mit einem sprach, hinaus ins Freie, wo hoffentlich jemand mit einem sprach.

Terminal 4, hlx, die Lufthansaleute sehen das nicht gern und geben nur Nase rümpfend die Auskunft, dass sich der Billigflieger desk im Terminal 3 befindet.

Schon mein Zahnarzt klärte mich jüngst darüber auf, dass wir in einer Mehrklassengesellschaft leben, als ich ihm sagte, dass ich mich wie ein Mensch zweiter Klasse behandelt fühlte, das kam so: Ich hatte starke Zahnschmerzen, bekam aber nur widerwillig einen

Termin und nur, weil ein Patient für den späten Nachmittag abgesagt hatte. Als ich auf dem Stuhl in der Horizontalen lag mit aufgesperrtem Mund, sagte „mein" Zahnarzt, es gäbe zwei Arten von Behandlungen, einmal die kassenärztliche und dann die, bei der ich zusätzlich noch 150 Euro direkt an ihn bezahlen könnte, in dem Fall würde er sich mehr Zeit nehmen, gründlicher arbeiten,. und man müsse bei dieser Behandlung seltener zum Chirurgen. Ich fragte, bevor er mit der Behandlung loslegte, ob ich mich sofort entscheiden müsste. Er brummelte jetzt und dazu deutlich leiser: Nein, das sei ja eine Schmerzbehandlung.

Warten. Mir sitzt ein junger Punk gegenüber, der schon seit 6.00 Uhr unterwegs ist, aus *Berlin* angereist, er will in die Nähe von *Belfast*. Er sei von *Marzahn* nach *Friedrichshain* gezogen in eine Altbauwohnung, dort gefällt es ihm. Er sei froh, dass er aus Marzahn, wo der Mob wohne, raus sei, seine Eltern würden aber noch dort wohnen. „*Schöne Weide*", dorthin zögen jetzt die Studenten , denn dort seien die neuen Unis, am *Prenzlauer Berg* würde sich allmählich der Mob sammeln. Wer der Mob wäre, fragte ich, er erwiderte, dass seien für ihn die Rechten.

Das Gepäck bekommt eine Schlaufe, sie fragt mich, ob meine Reisetasche Handgepäck sei. Ich hatte sie der Schauspielerin *Marie Bäumer* auf einem kleinen Flohmarkt in Altona abgekauft. Sie war mit ihr stets nach Italien gereist. Sie erzählte auch von *Abi*

Wallenstein, denn eine CD von ihm hatte ich ihr auch für Robert abgekauft, beide waren Rock `n Roller, aber Robert, und Abi bestimmt auch, mochte darüber hinaus noch andere Musik. Marie Bäumer liebte ihre Reisetasche, doch wollte sie sie nicht zum Schneider bringen, und das musste man, denn an wichtigen Stellen waren die Nähte aufgegangen. Ich unternahm das. Ich hatte eine entfernte Bekannte, die nicht nur Yogakurse gab, sondern auch eine Lederwerkstatt führte, sie riet mir eindringlich dazu, die Tasche schön einzuschmieren mit ihrem Fett, sie hatte zu viele Pötte bestellt. Also die Tasche ist kein Handgepäck, im Handgepäck habe ich den Kaktus für Robert, eine Opunzie, die aussieht, als stünden verschiedene Teller quer übereinander.

Robert freut sich auf mich, das schrieb er mir heute Morgen in einer mail und dass er zwar Brot gebacken habe, welches auch gelungen sei, aber ich könne ein kleines Mehrkornbrot gerne mitbringen, das hätten sie in Dublin nicht, sowie ACC akut..

Zur Handgepäcks- und Personenkontrolle. Die Frau fährt ohne mich anzusehen automatisch mit ihrer Hand über meinen Busen, meinen Bauch und über die Beine. Diese Körperberührung ist mir unangenehm, nötig war sie aus meiner Sicht nicht. Vom letzten Mal erinnere ich diese Maßnahme nicht. Für den Eintritt in Gate B33 muss ich dem Beamten meinen Perso zeigen, den er länger anschaut als letztes Mal, dann wirft er mir den Perso hin ohne mich anzusehen. Wenn es diesen Schaltertisch nicht gäbe, würde er ihn mir wahrscheinlich vor die Füße geworfen haben. Fieser Typ.

Nicht von ungefähr fällt es mir gerade hier ein: Eine Bekannte erzählte mir von einer Freundin, die sich via Internet mit Typen verabredet, weil sie doch gerne einen sympathischen Mann kennen lernen möchte. Da traf sie auf einen Typen, der gewindelt werden wollte, ein anderer empfing sie nur mit Badetuch bekleidet und sagte entweder oder.

In der Wartezone, wo ich mich endgültig niederlasse, schreibe ich die Geschichte von dem alten Herrn auf, der mir aus meinem Stadtteil bekannt ist und von einem Rettungswagen abgeholt wurde. Er tat mir sehr leid, wie er da fest geschnallt auf der Sitzliege in das Wageninnere geschoben wurde und hinter ihm sich die Türen schlossen. Niemand war bei ihm. Die Einsamkeit des Herzens.

Im Flieger saß neben mir eine junge Frau mit einem Platz zwischen uns ganz in Schwarz gekleidet, auch das Haar und die Haarspange waren schwarz. Sie hatte dunkle Augen. An und für sich vermied ich inzwischen schwarz angezogene Leute, da ich selbst jahrelang schwarz getragen hatte. Doch sie hatte etwas Faszinierendes, weil sie so ungeheuer ernst und auch mager war, so dass ich ihren Hüftknochen hervorstechen sah, daran dachte, dass sie vielleicht magersüchtig war. Sie sprach so korrekt Deutsch, dass ich erst spät bemerkte, dass sie aus Irland sein müsse, denn die Basis ihres korrekten Deutsch hörte sich irisch an, der sound. Sie hatte irischen Grund und

Boden, lebte aber dicht bei mir, ein paar Straßen weiter, seit zwölf Jahren.

Ihre Eltern, die sie jetzt in Dublin abholten, hatten sie noch nie in Hamburg besucht, was ihr sehr gefiel. Sie fliegt am selbenTag zur selben Uhrzeit zurück, so dass wir uns dann höchst wahrscheinlich noch mal sehen werden. Sie bestellte Sekt und Erdnüsse.

Eine Lady in black, aber dann, als wir ausgestiegen waren, auf dem Rollband fuhren, sah ich, dass ihre ausgestellten, schwarzen Hosenbeine einen weißen Einsatz hatten, der sichtbar wurde, wenn die Falte aufsprang.

Die Busfahrt im Dublin bus war hektisch, dauerte lange, mit vielen Stopps und Kurven, mir wurde schlecht. In der Nähe des hoch hinaufragenden, silber glänzenden **Spire** in der O`Connel Street stieg ich aus. Der Spire ist ein Wahrzeichen von Dublin, auf Irisch: **„An Túr Solais". Monument of Light**, 120 m hoch, weil er nachts oben an seiner Spitze, die 15 cm Durchmesser misst, leuchtet.

Ich war überrascht und auch angewidert von dem rot leuchtenden Weihnachtsschmuck wie in einer Brennzentrale. Die Leute sehen darin Wohlstand, nehme ich an. Wenn ich in Hamburg zu Boris komme, um Bilder einzuscannen, ist immer die totale Beleuchtung im Gange, auch Radio quatscht den ganzen Tag vor sich hin. Wenn er fort geht, lässt er alles an und ich, wenn ich fort gehe von ihm, schalte alles aus. Nehme wahr, dass das schon einen Unterschied ausmacht, ob man in das Pralle hineingerät, wenn man nach Hause kommt oder in die Armut, wo nichts leuchtet. Also, sage ich mir, wird es Boris vielleicht unangenehm berühren, wenn nichts aktiv ist, kehrt er in seine Wohnung zurück, so hat er doch wenigstens das Gefühl, es brennt etwas, es spricht etwas, es singt etwas, es leuchtet etwas, sogar alles und nicht nur etwas. Wie ihm das wohl vorkommt, wenn er zurückkehrt und alles ist still und dunkel, aber er hat mich noch nie drauf angesprochen.

In der ersten Nacht schlief ich schlecht, vielleicht war es noch der Flug, der Pflug, der anstrengende Tag, der Fluch, die Flucht, immer das. Das Warmwasser ging auch nicht.
Robert fragte, ob ich mal die Änderungsschneiderei in der Abbey Street ausfindig machen könnte, er hatte ein Loch im Jeanshemd und wollte darauf gern einen Lederflicken. Er kündigte auch an, dass er mit mir gern auch ein neues Hemd kaufen ginge, er hätte Lust, mal wieder kräftige Töne zu tragen.

Bin rumgerannt, weil ich meine Kopfschmerzen los werden wollte. Ich fand zwei tailors, einmal upstairs in der Middle Abbey Street und einen anderen downstairs in der Abbey Street. Der in der Abbey Street ist etwas vornehmer, mit Sitzgelegenheiten und so, das sagte ich am Abend zu Robert. „Dann ist das schon mal nichts für mich!“, kommentierte er.

Das Wetter war ugly und finster. Mit den Cafés war es auch nicht so einfach. Schließlich ließ ich mich in

„Simons Place", in der **St.George Street** nieder, wo ich mich an einen langen Holztisch setzte und schrieb. Finally ging es mir allmählich besser, das ist ja immer so, wenn man einen Platz gefunden hat, mit dem man halbwegs zufrieden ist, dann tritt Entspannung ein.

Robert empfahl mir, mal mit der neuen Straßenbahn zu fahren, dem **„Luas".** Bislang fuhren ja einzig die Doppeldeckerbusse. Ich wählte die Station „Museum", aber als ich ausstieg, stand ich vor dem **„Museum of decorative art and history",** deshalb stieg ich in der nächsten Bahn wieder ein und fuhr bis **Heuston Station,** denn ich wollte ins **Irish Art Museum** und mir die **zeitgenössische chinesische Kunstausstellung** ansehen.

Liu Jihanhua hatte a **map of Dublin aus Porzellan** ausgestellt, bestehend aus Stiefel, Taschen. Flaschen und anderen Utensilien, die alle gleich aussahen, in ein schmuddeliges Weiß getaucht, es war alles so unterschiedslos, selbst die Formen wurden dadurch in gewisser Weise unerheblich und irgendwie beliebig, auch weil alles, alle Teile lose auf dem Boden lagen. Man hätte sie wegnehmen können und an einer anderen Stelle hinlegen, an einen anderen Platz. Der Künstler hatte schon die **map of Venice** ausgestellt. Der Aufseher, ein älterer Herr, war nicht so inspired und las **„Aunt Julia and the Scriptwriters" von llosa Mario Vargas**. He loves the south American novelists.

In the upper room, wo im Sommer "flesh" ausgestellt war, interessierte mich jetzt **Cai Guangbins**

"windows incline", matte Augenpaare hinter bzw. in quadratischen Fenstern, das ganze Bild in einem blassen, wässrigen Weißgrün. Über Eck ein ebenso großes Bild, in dem hinten die Landschaft in Flammen aufging, vorne im Bild Menschen, die bei ihren täglichen Verrichtungen waren und dorthin blickten, sich umblickten. Waren die Flammen Zukunft oder Vergangenheit? In beiden Fällen gibt es eine Gegenwart des Alltags, in die die entfernte Bedrohung eingreift entweder als Erinnerung oder als Zukünftiges.

Der Schwarz-Weiß Film von Yang Fudong war auch interessant. Die industriell gekleideten oder auch individuell maßgeschneiderten Menschen, jedenfalls sehr gepflegt und mit allem ausgestattet, stolzierten, bewegten sich in einer ursprünglichen, unbe-handelten Natur, in der niemand Hand angelegt hatte. Felsen, Berge, Flachland, Flüsse, Baumäste, Gewächse, Gebüsche usw., keine geebneten Wege traten hervor, soweit ich das sehen konnte in der Episode. Den ganzen Film sah ich nicht, als ich dieses Filmes wegen an einem der nächsten Tage zurückkehren wollte, war das Museum wegen „bank holidays" geschlossen. Wenn ich es recht verstanden habe, erzählte die Frau gerade, dass sie ihren Liebhaber an eine andere Frau verlieren würde, dass Leere und Begehren die Männer weiter treiben würde, trotzdem fand sie es besser, one minute zu lieben als dies nicht zu tun.

In dem **Film einer anderen Künstlerin** beschleunigte eine junge Frau immer dann, wenn sie Kraft geholt hatte und diese ausstieß, so kräftig sie dies nur konnte, den Straßenverkehr, also die fahrenden Autos, die Busse und die gehenden Menschen. Erlahmte ihre Kraft notgedrungen, denn sie musste ja erst einmal wieder Atem schöpfen, nachdem sie ihre voll gepumpten Lungen entleert hatte, so gewannen die Menschen und Fahrzeuge ihr normales Tempo wieder. Diesen Werdegang wiederholte das Mädchen rythmisch gemäß dem regelmäßigen Ein- und Ausatmen. Ich dachte daran, dass es unsere gesammelte Kraft ist, unser gesammelter Atem, der etwas bewegt. Wenn wir keine Kraft mehr haben, erschöpft, atem-los sind, dann liegt alles still, bleibt alles liegen, bis wir wieder gesunden und abermals mit Kraft atmen können.

Gestern Abend mit Raychel in einem marrokanischem Restaurant, habe mich gefreut Raychel wiederzusehen, die mir ein Fossil als Brosche schenkte. Einer der Marrokaner erzählte, dass er seit fünf Jahren in Dublin sei, und es reicht ihm, er werde bald zurück nach Toulouse gehen, einer schönen, großen, alten Stadt, in der er aufgewachsen sei.

I`m in **Simons Place** again and opposite of my place - this time at the window – is a bus station. The people are standing in a row and when the bus has taken them away, there is soon build another row with other people. You can observe how they behave when they are waiting. Ich erzählte später Robert von Simons Place und von den wartenden Leuten an der gegenüberliegenden Bushaltestelle. Er fragt mich, was denn anders sei als in Deutschland, denn Wartende seien doch überall gleich. „Ja ja" (das „ja ja" habe ich mir von Francesca angewöhnt. Es klingt so intensiv, sie sagt es ganz schnell aufeinander folgend.) Ich sagte, weil sie hier in einer Reihe stehen ,wirkt es doch komisch. Da ist zum Beispiel die Frau in hellrotem Mantel, die ganz gerade steht, sie lächelt in einem weißen Gesicht, das mit schwarzen Haaren umrandet ist, sie lächelt, als wüsste sie, dass sie angeschaut wird, gerade heraus zu mir herüber, ihre herabhängenden Arme kommen vor ihrem Bauch zusammen und umfassen eine weiße Tasche, die leicht hin-und herwippt. Man könnte sie so fotografieren, sie wäre wie eine Statue auf dem Bild, bewegungslos, aber mit der sich regelmäßig bewegenden Tasche, die hin und her schaukelt, leicht, ganz leicht.

Die Frau im hellroten Mantel
an der Bushaltestelle in der St. George Sreet
gegenüber dem Café Simons Place

Da ist dann noch die dicke Frau, die ihre Körperlast auf einem halbhohen Pfeiler mit runder Kuppe ablädt, sie ist wirklich enorm dick, dazu kommen Unmengen von Taschen, die sie um sich herum abgestellt hat. Aber auch sie wird von dem Doppeldeckerbus davongetragen. Wenn er kommt, stellt er sich vor die Reihe, und ich sehe nicht, wie die behäbige Frau und all die Tüten einsteigen. Wenn der Bus abfährt, ist die Haltestelle für eine halbe Minute leer gefegt, dann tröpfeln sie wieder von überall ein und stellen sich schön hintereinander auf. Ich verfolge mehrere Busladungen, fünf bis zehn Personen sind es jedes Mal.

In der Straße am Simons palace ist auch der Stoffaden gelegen, den ich kurios fand, denn die Stoffrollen waren hochkant aufgerichtet und empfingen einen gleich am Eingang, aller Platz war ausgnutzt, also kein großes Foyer. Die Farben hatten es mir natürlich sofort angetan, die so froh und widersprüchlich beieinander standen und ebenso ihre verschiedenen Musterungen, natürlich hatte auch die Wendeltreppe aus Holz eine sympathische Ausstrahlung

Der Stoffladen in der St. George Street

Der Film von **Yang Fudong**, so lese ich, is called „**Seven intellectuals in Bamboo Forest**". Ich sah nur einen Ausschnitt, aber ich lese, dass die Leute am Anfang des Films nackt sind, was ein bisschen an Adam und Eva erinnert.

Home in Roberts kitchen, je pense, denke ich an das Bild jener irischen Künstlerin, der Robert im Radio fasziniert zugehört hatte, als diese erzählte, wie sie aus nassem Toilettenpapier realistisch getreu Obst herstellte, auf einem Tisch anordnete und dann fotografierte, vorne im Bild eine Apfelsine oder war es eine Mandarine, die jemand bereits begonnen hatte, abzuschälen, denn der Beginn der Schale ist ausgerollt. Es hat eine gewisse Faszination, die Darstellung, besonders auch auf dem schwarzen Hintergrund.

Die Karten für „**many happy returns**" abgeholt von dem Iren **Bernard Farrell**.

This time I made some fotos und ich bemerke, dass ich immer auf das Licht achte, dass a certain light, eine andere Dimension, eine Lichtdimension, hinaus- bzw. hineinweist in das Bild. A certain light, das wie ein Scheinwerfer fungiert.

Im *Luas* sprach mich ein älterer Ire an, ob ich Touristin sei. Ich sagte „Ja", dachte aber, not really. I`m not really a tourist, I have family here, a part of my life, a part of me, lives here, my son! Der Ire wollte mich auf Taschendiebe aufmerksam machen.

Erzähle dem von der Arbeit heimkehrenden Robert von der **chinesischen Künstlerin,** die in einem Raum des **Modern Irish Art Museums** zwei gegenüberliegende Leinwände bespielt, auf der einen ist eine junge Frau zu sehen, die ihre Lungen aufbläht, Kraft sammelt, dann ausstößt. Dieses veranlasst den Straßenverkehr auf der gegenüber liegenden Leinwand schneller zu werden, sowohl die Autos, Busse als auch die FußgängerInnen. Dann lässt die Kraft der Frau auf der Leinwand nach, sie erlahmt, atmet normal, was zur Folge hat, dass auch der Verkehr wieder langsamer wird, seine normale Geschwindigkeit zurückgewinnt. Bis die junge Frau wieder Kraft schöpft, tief Atem holt, ihre Lungen aufpumpt, um auf dem Höhepunkt der Kraftansammlung, den Atem, die Kraft, abermals auszustoßen et ainsi de suite, und so fort. Robert gefällt diese Kunst, während er mit der *map of dublin,* die ich ihm beschreibe, nichts anfangen kann.

Ich weiß nicht warum, aber er will mir ein Lied von **Velvet Underground** vorspielen, von **Niko** gesungen, das ihn so fasziniert hat, dass er es wochenlang auf dem Hin- und Rückweg zur und von der Arbeit im Bus mit Kopfhörern hörte. Das Lied trägt den Titel **„All tomorrow`s parties".** Aber dann fällt es mir doch ein, warum er es mir vorspielen will, denn wir hatten über künstlerische Produktionen gesprochen und da ist ihm dieser song eingefallen. Ich mag ihre Stimme.

Der englische Text lautet:

And what costume shall the poor girl wear

To all tomorrow`s parties
A hand-me-down dress from who knows where
To all tomorrow`s parties
And where will she go
And what shall she do
When midnight commes around
She`ll turn once more to Sunday`s clown
and cry behind the door
To all tomorrow`s parties
And what costume shall the poor girl wear
To all tomorrow`s parties
For Thursday`s child is Sunday`s clown
For whom none will go mourning
A blackend shroud
A hand-me-down-gown
Of rap and silks, a costume
Fit for one who sits and cries
For all tomorrow`s parties

Wir ordnen CDs den entsprechenden Hüllen zu und Robert beklebt sie mit Streifen, die er zuvor mit Blindenschrift auf der Maschine beschrieben hat. Danach trägt er die Maßangaben meiner Bilder in meine hompage ein, das geht vor Ort besser, als wenn wir immer hin- und hermailen, denn ich muss stets prüfen, ob seine Aktionen auf dem Bildschirm so ankommen, wie es beabsichtigt ist. Er baut sogar einen Link zur Lesung von einem meiner Texte und später, als ich auf den Link klicke, höre ich meine Stimme, die die kleine Episode liest..

Heute am 24.12. 04 in der Henry Street eine Aufnahme gemacht, von den Geräuschen der Menschen, von ihren Rufen, von den trommelnden jungen Leuten und den SchülerInnen, die ohne Unterlass rufen: „Help the homeless, please!", mit ihren Sammelbüchsen scheppern. Letztes Jahr um Weihnachten waren sie auch hier, sie schlafen auch draußen, um auf die Situation der Obdachlosen aufmerksam zu machen und Hilfe einzuklagen. Das Band nimmt die Rufe der Händler auf, die ihre Weihnachtsware pfeilbieten, sich gegenseitig übertönen, unentwegt preisen sie ihr *wraped paper* an, das Geschenkpapier, das Einwickelpapier, Einpackpapier, die Geschenke sollen es gut haben.

Außerdem in der Henry Street noch einen CD Gutschein von Raychel und mir eingelöst, Bob Dylan life, unreleased songs 1964-1975, und interviews.
Beim Asiaten in the Upper Abbey Street Tofu, Chilichoten und coconutmilk gekauft, denn Robert hat vor, ein vegetarisches Gericht zu kochen, weil ich doch fleischlos esse.

Beim alteration tailor das Jeanshemd abgeliefert. Robert wollte einen Lederflicken auf das Brandloch setzen lassen. Er erzählte mir später, dass er zunächst enttäuscht war, denn der Schneider hatte einen Jeansflicken aufgesetzt, weil er meinte, dass Leder nicht passte, der Schneider hätte ihn aber überzeugt, nun habe er das Hemd auch wieder getragen.

Der alteration tailor befand sich in der Middle Abbey Street, nicht weit entfernt befanden sich die **Lots**, dort wohnte seine argentinische Kollegin, die mit einem Inder verheiratet ist. In den Lots würde er auch gerne wohnen, weil es dort ruhig sei und zugleich sei man mitten im Zentrum. Er zeigte mir in den Lots das Haus, in dem sich der Übungsraum seiner Musikgruppe befand. Wir überlegten, woher der Name „lots"stammen könnte, es bedeutet einfach nur Grundstück.

Das Rezept für **masama curry** ist in seinem PC, so dass er zwischen Küche und PC hin- und herwandert, weil er immer noch mal in das Rezept wegen der Zutaten und Gewichte reinhört.

Es schneit, ein Schneeregen. War mit Robert am Liffey spazieren. Die Möwen saßen auf dem Geländer, immer, wenn wir uns näherten, flogen sie auf und ließen sich einige Meter weiter wieder nieder.

An der **O`Connel Bridge** machte ich Robert auf ein eingelassenes Relief aus Messing im Trottoir aufmerksam. Ein kleiner **Textauszug aus Ulysses**, ich las ihn vor: *As he sat foot on O`Connel Bridge a puffball of smoke plumed up from the parapet* (Geländer) (p.125). Das Lebenszeichen gefiel Robert, es gab noch an anderen Stellen solche Einlässe. Erzähle ihm, dass es in Hamburg im Trottoir auch manchmal kleine Pflastersteine aus Messing gibt, dort sind die Namen der Deportierten aus dem jeweiligen

Haus, vor dem dieser Pflasterstein aus Messing eingelassen wurde, eingraviert , auf diese Weise wird an all die jüdischen MitbewohnerInnen erinnert. Das Projekt hat ein Künstler ins Leben gerufen und jeder kann einen solchen „Stolperstein für einen Deportierten" und ermordeten Bürger für ca. 80 Euro setzen lassen.

Velvet Underground. *Let me be your mirror, I`m your mirror* gefällt mir auch wie schon *"all tomorrow`s parties"*. Die Sängerin *Niko* ist bei einem Autounfall ums Leben gekommen, wohnte in einer Wohngemeinschaft, in der auch Warhol lebte, wenn ich das richtig erinnere. Sie hat wirklich eine interessante Stimme oder soll ich sagen Aussprache, die das Deutsche unter dem Englischen hereinholt.

Als ich Robert sagte, dass der schwarze Belag auf dem getoasteten Brot krebsfördernd sein soll, sagte er: *Kennst du nicht die Geschichte von dem Chinesen, dem man sagt, dass ihn der Tod in der nächsten Nacht holen werde?* Nein, antwortete ich.. *Dieser Chinese,* erzählt er, *hat sein Bündel gepackt und ist ans andere Ende der Welt gewandert, um dem Tod zu entkommen. Als er dort an einem unbekannten Ort ankam, sich dort niederließ, wo ihn niemand kannte, ist er nachts auf die Straße hinausgegangen und der erste, der ihm begegnete, war der Tod, der zu ihm sagte: Hast du geglaubt, ich finde dich nicht?!*

Das Hörbuch *Die Entdeckung der Langsamkeit* hatte sich Robert zu Weihnachten gewünscht.

Jetzt hörten wir zu. Auf der 2. CD drückte der 15 jährige John Franklin einem, der auf ihn die Pistole richtete, die Kehle zu. Das machte ihm etwas aus, er fühlte sich nicht als Held, es war Notwehr. Aber ich mag doch nicht wie es beschrieben wird, wie ein positives, weiches Gefühl, wie eine Zärtlichkeit.

Als mir später in Hamburg T. davon erzählt, dass er als 8 jähriger im Raufspiel seinem Spielkameraden an der Gurgel war, und dass er dabei *ein süßes Gefühl* verspürt habe, erinnere ich mich wieder an diese Textstelle aus dem Hörbuch.

Die **Tara Street** war geschlossen und auch **Pearce Street**. Schließlich ist ein Bus gefunden. Die Fahrt nach **Bray** hat etwa 40 Minuten gedauert. Wir hatten großes Glück, das Wetter war bislang miserabel, aber jetzt legte sich strahlender Sonnenschein auf das Meer, gaben den heranrauschenden Schaumkronen ein erleuchtetes Weiß, dass es eine unglaubliche Freude war, hinzusehen. Robert, der nicht sehen konnte, war auch von Glück erfüllt, denn das brausende Meer drang an sein Ohr, Sonne streichelte seine Wangen. Ich fand diesmal regelmäßig gelöcherte Steine am Strand, kleinste Löchlein, als wenn kleine Tierchen drin gehaust hätten, eine wunderschöne Muschelschale und ein großes Muschelstück, zu dem ich silberne Sichel sagte, die sich sametweich anfühlte. Ich schenkte sie Robert, weil er sie mochte. Der Arm eines Seesterns wurde von meinem Auge entdeckt, ich hob ihn auf, etwas pickelig und rotrostfarben, wie eine Wiege gebogen, eine Schale fast, die noch nach Meer roch. Entzückt machte ich immer wieder Aufnahmen von den von der Sonne erleuchteten, weißen Schaumkronen, die auf den Wellen heranschnellten.

Im Doppeldeckerbus waren viele, junge JapanerInnen, die einen großen Krach machten, sich gegenseitig fotografierten und offensichtlich viel Spaß entwickelten. Dort, wo sie ausstiegen, standen eine Unmenge von Teenies, etwas muss los gewesen sein. Vielleicht war der Dom in der Nähe, ich hatte auf der Hinfahrt ein Riesenrad in der Ferne gesehen. In dem Gebäudekomplex, in dem Robert wohnt, wohnen auch sehr viele JapanerInnen, die nie grüßen, wie er sagt, jedenfalls bekäme er nie eine Antwort von ihnen zurück, wenn er *Hello* sage.

Wieder in seinem Zuhause hören wir von der erschütternden Nachricht des Erdbebens und den Zehntausenden Ertrunkenen und Millionen von Obdachlosen. Eigentlich wollten wir abends life music in der Palace Bar hören, aber aufgrund der Nachricht, die uns verstörte, sagt Robert: *Mir ist gar nicht danach zu Mute*. Er wird für mich **Maeve Dauphy** „let it all hang out"kopieren und Songs von Niko, der Sängerin von Velvet Underground. Die Post durchgesehen, Überweisungen ausgefüllt.

Die Bank hatte am heutigen Montag geschlossen und auch der Stromanbieter und die Post, denn es sind noch bank holidays. In der Apotheke wünschte ich der Apothekerin *a happy new year* and she answered *many happy returns* . Aha, das ist wohl eine stehende Redewendung, das Stück, das wir heute Abend im Theater sehen werden, heißt so.

Die **John Lennon Collection**, Zeichnungen auf weißem Karton in Din A5 Format, mit Blindenschrift versehen. Ich nannte Robert jeweils den Titel der Zeichnung. Beschrieb das Bild, so dass er aufgrund dessen entschied, was er sich als Stichworte auf der Rückseite in Blindenschrift aufklebte. Ein großes Plakat von der Zeichnung *The Hug* die Lennon und Ono tief umarmt zeigt, hängte er über den Wechselrahmen, in dem all seine Konzertkarten ausgestellt sind. Die John Lennon Ausstellung hatten wir damals in Hamburg in der „Kunsttreppe" besucht, als Andenken hatte Robert die Sammelmappe mit den Drucken gekauft.

Das Wetter ist heute wieder grau. Es sieht nach Regen aus. Ich raste einen Moment am Liffey., um dieses niederzuschreiben. Zwischendurch denke ich mal an Joel. Das Theaterstück gestern Abend war leichte Kost. Ein Sturm mit Platzregen warf uns fast um, als wir auf dem Weg ins Theater waren, Robert machte das Freude.

Heute scheint zum zweiten Mal die Sonne, aber nun ist es zu spät. Ich muss abreisen. *Gib mir doch den alten Antriebsriemen mit,* sagte ich zu Robert, *vielleicht findet der Mann, den ich deswegen schon*

vor der Reise konsultierte, einen nach diesem Vorbild!
Der Verkäufer hatte nämlich gesagt, diese Riemen
würden nicht mehr produziert, aber vielleicht fände er
noch einen, wenn ich ein Muster brächte. So wickelte
ich den Riemen noch ein, umarmte Robert und ging
zum *Dublin Bu*s, der mich zum Flughafen bringen
sollte.

Auf dem Rückflug sehe ich wieder die dicke Frau, die
schon auf dem Hinflug so entsetzlich dick war, ich
meine, es war mir aufgefallen, wie unförmig und
schlodderig sie war, bis zur Unkenntlichkeit, ich
dachte, dass es eine andere Frau in ihr geben müsste.
Nun, da wir hintereinander standen beim boarding,
erzählte sie, dass sie sich von ihrer Tochter verlassen
fühle, die sei weggegangen, um im Ausland zu leben,
davon habe sie psychische Probleme bekommen. Ihre
Mundwinkel hingen tief herunter. Sie schien mir wie
ein bockiges Kind, muksch, das sich in seiner
Verlassenheit einlockte und nach außen hin seinen
Unwillen demonstrierte, „innerlich mit der Tochter zu
gehen", die seit neun Monaten fort war und die sie
jetzt das erste Mal besucht hatte. Sie fragte mich, ob
ich keinen Mann hätte, denn sie hatte mich nicht in
Begleitung gesehen. Sie hatte einen, der bei ihr war,
aber abseits stand und der ihr wahrdscheinlich bei
ihrer Abhängigkeitsproblematik nicht helfen konnte.
Verstehen konnte ich sie, ich meinte, sie würde es
schon schaffen, denn sie war ja dabei, die Tochter zu
besuchen, ihre erste Reise hatte sie unternommen.

Im Flieger konnte ich wieder vorne sitzen. Wer schaute da auf mich herab und fragte mich, ob bei mir noch ein Platz frei wäre? Das war die junge, schwarz gekleidete Irin. „Ja, klar", ich freute mich. Wie auf dem Hinflug bestellte sie wieder Sekt und Erdnüsse. Ja, sie war dünn, ich musste wieder daran denken, dass sie vielleicht magersüchtig war. Aber ich war ja auch nicht gerade dick und so sagte sie im Laufe unserer Unterhaltung: *Ich würde dir Geld dafür geben, wenn ich in deinem Alter noch deine Figur hätte!* Ich war so überrascht, dass ich, ehrlich gesagt, gar nichts erwiderte, sondern nur verlegen lächelte, dann senkte ich meinen Blick erst mal auf meinen Lesestoff oder ich schloss einfach die Augen und lehnte mich zurück und sie war es, die in ihrem Buch weiterlas. Wir redeten später noch über einiges, und tauschten unsere email-adressen aus, bevor wir den Flieger verließen. *Willst du wirklich bei diesem Wetter mit Bus und Bahn fahren?!* Fragte sie mich. *Ja*, sagte ich, *ich habe sehr guten Anschluss*. Im Porsche, in dem sie von ihrem Freund abgeholt werden würde, wollte ich auf keinen Fall fahren. Aber wenn ich nun Rettung nötig hätte und es stünde kein anderes Auto als ein Porsche zur Verfügung, dann würde ich doch wohl hoffentlich nicht am Straßenrand liegen bleiben in der Hoffnung, dass der Wagentyp noch vorbeikäme, den ich akzeptieren könnte.

Ich kam wohlbehalten gegen Mitternacht zu Hause an, sprach Robert noch aufs Band, dass ich gut gelandet war.

Später konnte ich ihm noch den Riemen schicken und er war sehr glücklich, seit Monaten mal wieder seine Schallplatten hören zu können.

Sommer 2005
Vierter Besuch

Vor der Abreise noch erzählte mir eine aufgebrachte junge Verkäuferin, die ich gar nicht kannte, aber die ihre Belastung loswerden musste, dass sie an der U Bahn Haltestelle, wo sie als einzige auf die Bahn wartete, plötzlich eines Mannes angesichtig wurde, der sich entblößt hatte und sich befriedigte.

Ich verließ die Kirche, in der ein einziger Mann war, der, als er mich sah, den Beichtstuhl betrat und ich unwillkürlich an das Erlebnis der Verkäuferin denken musste. Ich ging in den gegenüber liegenden Park, setzte mich auf eine Bank. Ich wurde sehr müde, obwohl ich im Schatten saß, aber ich beruhigte mich. Dann setzte sich die Frau, die in der prallen Sonne auf der Bank nebenan gesessen hatte neben mich, weil sie jetzt Schatten brauchte. Wenig später begann unser Gespräch. Sie erzählte von ihrer Krankheit. Man hatte ihr eine Brust abgenommen. Sie beklagte sich über den Stress, den die Untersuchungen mit sich brachten und darüber, dass man im Krankenhaus nur mehr eine Ware sei. Vor uns liefen die joggenden Menschen vorüber, es ging um den kleinen Teich herum, drei Runden, vier Runden, zehn Runden. Ich verabschiedete mich von der Frau und wünschte ihr alles Gute.

In diesem Moment betrete ich den Warteraum gate B 33, um nach Dublin zu fliegen. Vor meinem inneren Auge sehe ich die Frau, der die Brust abgenommen wurde. Sie zeigte mir ihre gefärbten Haare, die ihr wieder gewachsen waren und sagte, dass sie sie alle verloren hätte aufgrund der Chemotherapie.

Es wird mein vierter Aufenthalt in Dublin.

Schreibe in meine Reiseaufzeichnungen, dass Angst vor der monströsen Einsamkeit, die das Herz aufzehrt, eigentlich nicht nötig ist, denn überall gibt es Menschen, ich schreibe auch, dass die Sonne scheint, wenn auch nur vorübergehend.

Im **Francis Bacon Studio** haben mich die rosa und hellblauen und schwarzen Flecken angesprochen, vor allem wohl das Rosa. Natürlich war es kein wirkliches Bild, sondern eine Pappe auf der er Farben gemischt hat. Das Schwarz wirkte rußig bzw. ich hatte die Idee, dass ich ein rußiges Schwarz bevorzugen würde, Kohlestaub. Auf Bildschirmen konnte man über sein Leben und Werk Näheres erfahren. Interessant war für mich, dass er Leinwände zerstörte, wegwarf oder daraus etwas ausschnitt, etwa ganz gezielt Köpfe. Ich habe auch schon viele Leinwände „weggeschmissen", dafür hatte ich den Grund, dass mir die Malerei angeblich nicht gelungen war, aber auch, wenn es sich um sehr persönliche Bilder handelte, etwa um ein mich erschreckendes Selbstportrait, u.a. etwa jenes, auf dem ich auf meinem mausgrauen Körper ganz unbewusst den Kopf meiner Mutter gemalt hatte, statt meines eigenen oder die nackte, weinende Frau mit rotem Haar, beides große Ölbilder.

Die **Ausstellung Moderne Kunst aus Irland** war nicht zu sehen, aber im Aufbau begriffen. Ich sagte im

Scherz zu den beiden Aufsehern: *I have seen many white pictures!*. Der eine lachte, der andere fragte mich, woher ich sei. *Hamburg!* antwortete ich, woraufhin er meinte, dass er das nicht kenne. Der andere hatte mehrere Jahre in der Nähe Freiburgs als Koch gelebt, lobte das deutsche Steak und war aus Heimweh wieder nach Dublin zurückgekehrt.

Nun saß ich in der Abbey Street gegenüber dem **Abbey theatre,** wo sie **Cry from Heaven** spielen. By director **Py**, einem Franzosen, dessen Inszenierungen meistens Stunden dauern. Ich hatte mich von dem Studenten an der Rezeption über die Anfangszeiten und Preise unterrichten lassen und fragte ihn dann, was er lese, denn er hatte ein dickes Buch aufgeschlagen. Er lächelte und sagte **Edgar Alan Poe**. Es sei nur so zufällig, dass er ihn lese und weil man ihn kennen sollte als Literaturstudent, nun stelle er fest, dass er seinen Stil möge. Hätte er zu einer anderen Zeit gelebt, so hätte er wohl anders geschrieben oder wäre gar kein Schriftsteller geworden. Das sei wohl wahr, erwiderte ich, dass es ja uns alle beträfe, dass wir Kind unserer Zeit seien und unser Leben in einem anderen Jahrhundert wohl anders verlaufen wäre.

Ich war am **Strand in Bray**, es ist ein Steinstrand, eine Bucht, am Ende beginnt ein langer Weg hinauf zum Berg **Bray Head**. Von unten sieht man das Kreuz auf dem Gipfel. Das Wetter war verhalten, es waren kaum Leute unterwegs. Am Strand wurde ich von einem schwarzen Hund begleitet, der immer wartete, bis ich auf seiner Höhe war, dann sprang er wieder weiter, und auch auf dem Wanderpfad begleitete er mich ein Stückchen, war dann aber verschwunden. Je weiter ich wanderte, desto tiefer wurde die Stille, linkerhand unter mir war das Meer, das aber keine Wellen warf, sondern wie eine glatte Fläche in Ruhe schien.

Um Bray zu erreichen hatte ich die **Dart Bahn** benutzt, sie war neu ausgestattet und mir viel unsympathischer als die vom letzten Jahr. Dann hielt sie zu allem Überdruss vor Bray in der Walachei, ich war alleine im Wagen. Ein unangenehmes Gefühl der Beklemmung regte sich, ich war froh, als es weiter ging. Auf dem Rückweg war die Bahn gefüllt. Ich sprach mit der jungen Frau neben mir, die ich nach **Enniskerry** fragte, denn am Flughafen hatte mir eine Deutsche, die mit einem Dubliner seit sieben Jahren verheiratet war und ein sechs Wochen altes Baby trug, erzählt, das der Ort so schön sei und in der Nähe einen Wasserfall habe, sie selbst habe dort gewohnt. Die junge Irin neben mir sprach von französischem Flair. Was sie darunter verstehe, fragte ich, sie meinte, es sei dort alles so gepflegt.

Als ich in Dublin mit dem Flieger ankam, nahm ich den Dublin Bus in die Innenstadt. In der Nähe von Roberts Wohnung befindet sich die **Pro-Cathedral-Church** in der **Marlborough Street,** dort bin ich mit meiner Reisetasche hinein. Zufällig begann dort gerade die Messe. Der Priester, ein Afrikaner, fragte die Anwesenden, wer Jesus für sie sei? Meine spontane Antwort war: My way! Ich saß sehr weit hinten und traute mich deshalb nicht, meine Antwort laut zu sagen, ich befürchtete auch eine Rückfrage, die ich vielleicht nicht verstehen würde, dass mein Englisch vielleicht weder für das Verstehen der Rückfrage noch für meine Antwort auf diese Frage reichen würde.

Am Abend hatte Robert ein Kollegentreffen. Ich nahm ein Bad und genoss es, denn in meiner Wohnung gab es nur eine Dusche. Ich hörte Van **Morrison: Astral Weeks von 1968**. Später ging ich zu Bett, wartete aber auf Robert. Dann hörte ich Geräusche auf dem Dach, weshalb ich mich aufsetzte und zu dem Fenster über mir blickte, denn jetzt hörte es sich an, als trample jemand auf dem Dach herum. Die Dachfenster waren immer einen Zentimeter geöffnet, ich hatte mir nie klar gemacht, dass man vom Dachgarten leicht aufs Dach steigen konnte. Im Gebäude gab es knapp hundert Wohnungen. Man kam nur mit Magnetkarte hinein, aber oft warteten Leute, die sagten, dass sie ihre Karte vergessen hätten, auch Robert war das schon passiert. Das Fenster ging weit auf, ich sagte laut etwas, aber offenbar nicht laut genug, denn jemand leuchtete mit der Taschenlampe hinein, rotes Licht erschien. Ich schrie nun so laut ich konnte: **To Hell !!!** Zur Hölle!!! Das Fenster wurde wieder in die Ausgangsposition gebracht. Nach einer Zeitspanne stand ich auf und ging in die anderen Zimmer. Auch in der Küche und im Badezimmer waren die Fenster weit geöffnet. Ich stieß sie mit der Stange zu. Robert meinte später, dass die Person möglicherweise an einem Strick oder einer Strickleiter hineingekommen wäre.

Ich weiß nicht, ob ich in dieser Nacht noch geschlafen habe. Am nächsten Tag gingen wir zur Polizei, die vorschlug, dass sie schauen könnten, ob in der Gegend noch andere Einbrüche gemeldet würden. Eine Frau aus dem Haus erzählte, dass schon häufiger mal eingebrochen wurde, jedoch noch nicht auf diese Weise.

Einen Tag bevor ich nach Dublin flog, hatte ich auf der belebten Osterstraße in Hamburg gesehen wie ein großer Mann im Vorbeigehen eine halb so große Frau von vielleicht 60 bis 65 Jahren aus voller Kraft ins Gesicht schlug. Sie sagte, dass der Mann zu ihr gesagt habe: „Du alte Schickse!" Der Polizist kannte das Wort nicht, jemand sagte ihm, dass damit die Schickeria gemeint sei, die schicken Leute, die sich schick kleiden, bei denen alles schick sei, glatt wie die Hochglanzmagazine, die Echtheit im Geist und im Leben entbehrten. Die geschlagene, pummelige, kleine Frau trug einen blonden Pferdeschwanz und ein glitzerndes Oberteil, sie war stark geschminkt und sagte wie zur Entschuldigung, dass sie in der Modebranche gearbeitet hätte.

In **Enniskerry** ließ der Wasserfall auf sich warten. Ich marschierte seit einiger Zeit die Straße entlang, die man mir angegeben hatte, sie wurde immer kurvenreicher und dunkler, es gab keinen

Seitenstreifen für Fußgänger. Zehn Minuten wurde mir gesagt, die waren längst überschritten. Autos fuhren an mir vorbei, aber keine Busse. Jetzt machte ich mir Sorgen. Hatte ich unversehens eine falsche Richtung eingeschlagen? Ich hörte wie ein Auto in einiger Entfernung hielt, die Autofahrerin rief sehr laut:" Hello!" Eine Frau, die gerade durch ein Tor gehen wollten, des einzigen Wohnhauses in dieser Gegend, drehte sich um. Ich erzählte ihr von meinem Vorhaben. Sie meinte, dass der Weg noch weit sei und sehr gefährlich, nicht für Fußgänger geeignet. Wenn ich wolle, würde sie mich dorthin fahren. Dankend nahm ich an. Zuvor brachte sie einem wartenden, alten Mann eine Tüte mit Lebensmittel. Er füttere normalerweise die Pferde bei ihr zu Hause, aber zur Zeit sei er krank. Es war ein sympathischer, alter, hagerer Mann mit halblangem Haar, der sich nun auch zu meinem Reiseziel äußerte. Wir fuhren dann los und brauchten eine Weile bis wir angekommen waren. Am Eingang erkundigten wir uns, ob Busse zurückführen. Nein, Busse würden nicht zurückfahren, ich müsste per Anhalter zurück fahren, da zog ich es vor, mit Patricia zurückzufahren und ein anderes Mal mit einem Touristenbus diese Tour zu machen.

Patricia erzählte mir, dass sie vor einem Jahr ihre 50 jährige Schwester verloren hatte, die an einem Gehirntumor gestorben war. Ihre drei Kinder sind erwachsen, insofern ist diesbezüglich das Unglück begrenzt, aber sie leide sehr, denn sie mochte ihre Schwester, sie hatten ein gutes Verhältnis. Sie selbst habe leider keine eigenen Kinder, was sie bedauerte.

Ich machte ihr Mut, denn ich hatte kürzlich von einer Frau gehört, dass sie ihre jetzt 11 jährige Tochter mit 49 Jahren geboren hatte.

Patricia ließ mich dort aussteigen, wo ich mir noch die **Gärten von Powerscourt** für 7€ hätte anschauen können, aber ich marschierte dann doch in die winzige Stadt hinein, der ich nichts abgewinnen konnte, der Fleck war vielleicht zu klein. Für Powerscourt wollte ich mir an einem anderen Tag Zeit lassen. Unterwegs ging ich noch auf einen kleinen, verwilderten Friedhof mit einer verschlossenen Kapelle, die in einem schlechten Zustand war. Wieder auf der Straße lag vor mir ein totgefahrener Vogel.

Bald war ich wieder im Zentrum und wartete auf den Bus. Ich las ein bisschen in dem Buch über **Therese von Lisieux**, in Hamburg hatte ich zufällig einen Vortrag über sie gehört und in der Pro Cathedral Church tauchte dieses Buch vor meinen Augen auf. Später stellte ich fest, dass eine der Kirchen, in denen ich war, nach ihr benannt worden war. Dort fielen mir die hellen, fliederfarbenen Fenster auf! In dem Buch erzählten Leute, auf welche Weise sie von Therese beeindruckt worden waren, als ihre Reliquien nach Irland gebracht wurden und hier ihre Reise quer durchs Land antraten.

Es gibt noch mal ein **Treffen der Blinden vor der City Hall**, denn sie wollen dabei sein, wenn es um die hörbaren Signale der Ampeln geht, die die Stadt Dublin ausgeschaltet hatte, weil sich Sehende von den

Geräuschen irritiert fühlten. Bereits vor einer Woche hatten sich 150 bis 200 Personen versammelt um gegen die Diskriminierung zu demonstrieren.

Robert arbeitete für die **Blindenhörzeitung „talk around"**, diesmal an einem Beitrag über die Demo und ihren Hintergrund. Zusammen mit ihm ging ich zu der Kreuzung **Talbot Street und Lower Gardener** Street, um die Ampelsignale und Töne aufzunehmen. Er leitete die Sendung ein mit einem Song aus den Zwanzigern, der BluesSänger singt davon, dass ein Blinder weint, Robert greift das auf und bezieht es dann auf das Problem der ausgeschalteten Ampelsignale für die Blinden. Ich habe auf dem Meeting vor der City Hall Fotos gemacht, die ich auf Wunsch Fiona, die dort im **Council for the Blind** arbeitet, geschickt habe. Sie macht dann große Abzüge für diejenigen, die noch einen Sehrest haben.

Robert erzählt von seinen Arbeitskollegen, dass er sich im internationalen Team wohlfühlt, weil er sich respektiert fühlt und integriert. Kein Vergleich mit der steifen und förmlichen Atmosphäre in der Hamburger Bank.

Auf dem Marktplatz neben der Fotogalerie ist viel Treiben. Allerlei Leckerbissen verkaufen sich, Käse, Brot, Gemüse, Salate, Süßes und noch weitere Erlesenheiten. Die Leute kaufen, plaudern, essen. Ein junges Pärchen sitzt auf der Treppe, er spielt Gitarre, sie spielt Flöte. Sie scheinen sich gerade erst gefunden zu haben, vielmehr sie hat sich wohl zu ihm gesetzt, denn er fragt sie, als ich gerade vorbeigehe, woher sie komme. Es ist ein kleiner Innenhof, aber von guter Atmosphäre an diesem heutigen Samstag mit sonnigem Wetter. Hier habe ich auch die **Fotoausstellung zum Thema Fuß-Ball** gesehen, die das **Goetheinstitut** zusammengestellt hat. Auf jedem Foto spielt der Fußball eine Rolle. Witzige Fotos sind in allen Ländern entstanden. Auf einem Foto entkleiden sich im Schatten eines Baumes drei in langen, schwarzen Gewändern gekleidete Priester, darunter kommt ihre Fußballkleidung zum Vorschein. Auf einem anderen Foto dient ein Fußball einem Sonnenanbeter am Strand als Kopfkissen. Im Iran sieht man ältere Schulmädchen in ihrer uniformen Schulkleidung, eines dieser Mädchen schießt einen Fußball hoch in die Luft, im Hintergrund eine erwachsene Person, die vorbeigeht und zuschaut. Mich interessiert Fußball nicht, aber ich fand die meisten Bilder doch amüsant.

In der Abbey Street sitze ich gegenüber dem Theater, eine Frau setzt sich an meinen Tisch. Sie erzählt, dass sie Irin ist und ihre 80 jährige Mutter besuche. Sie lebe inzwischen in Schottland auf dem Lande, nachdem sie lange in England gelebt habe. Sie lässt verlauten: *Wir mögen keine jungen Leute. We don`t like young people.* Aufgrund ihrer Arbeit habe sie aber in abstrakter Weise mit ihnen zu tun, weil sie und andere mit der Vernetzung von Zuständigkeiten für junge Leute beschäftigt seien. Aber die Iren, so ist ihr

Eindruck, mögen junge Leute, jedenfalls eher. Ich muss gestehen, dass mir diese Frau nicht sonderlich sympathisch ist, obwohl ich mir ja meistens Mühe gebe, etwas Sympathisches zu finden.

In **Howth**, wohin ich am nächsten Tag mit der Dart Bahn fahre, empfängt mich Sonnenschein, ein Markt, geöffnete Fischlokale am Westpier, Künstler, die an einer Kaimauer ihre Bilder ausstellen. Das Meer ist leuchtend blau von einer schönen Schärfe. In Südfrankreich in Palavas hatte ich es blassblau und seidenweich empfunden als der Tag schön war, hier hat das Blau einen kräftigen, wunderbaren Ton, der aber auch vergänglich ist, alles liegt am Licht. Ich frage den Angler am Westpier ob er schon etwas gefangen habe. Er schüttelt den Kopf, nein, hat er nicht. Als ich nach zwei Stunden wiederkomme, frage ich, ob er inzwischen fündig geworden sei? Er sagt wieder „nein, immer noch nicht". Er gibt mir Hinweise auf einen schönen Aussichtspunkt hier in der Nähe.

Auf dem Rückweg sitzt eine junge Italienerin neben mir, sie ist erst 15 Jahre alt und zum dritten Mal mit einer Gruppe hier. Alle sind bei Familien untergekommen, ihre Familie ist sehr nett, sagt sie. Ihre Eltern wollen, dass sie ihr Englisch perfektioniert. Sie spricht von Rom, eine Stadt, die man kennenlernen muss. Ihr Vater ist Parlamentarier und bei den radicals, ihre Mutter hält an der Uni Biologievorlesungen. Was mich rührt, ist, dass sie mich, zurück in Dublin in der Talbot street, mit

Küsschen rechts und links auf meine Wangen verabschiedet.

Manchmal gehe ich durch diese enormen Menschenmengen auf der O Connel Street und fühle mich beschützt, ein anderes Mal ist es wie in der Hölle. Ein junger Mann mit Gepäck steht an der O` Connel Street, Ecke Abbey Street und fragt mich, wie er nach **London Derry** komme. Er sei gerade aus Deutschland angereist, wir sprechen Deutsch. Er ist Waldorfschüler und beabsichtigt, in Nordirland ein 10 wöchiges Sozialpraktikum zu machen. Ich erkläre ihm wie er zum central bus station kommt, der ist nicht weit.
Robert meint später, dass es in Nordirland besser sei von **Derry** zu sprechen statt von London Derry, was an die Besetzung erinnere.

Robert erhält einen Brief von der **Society of St. Vincent de** Paul, die in 132 Ländern in sozialen Projekten engagiert ist. Er hatte ein Mitglied in einer Kneipe kennengelernt und sich dafür interessiert, dort eventuell mitzumachen.

Ich sitze früh am Liffey. Eine junge Frau setzt sich ebenfalls. Ich frage sie, ob sie wisse, ob in **Dalkey** ein Strand sei. Das kann sie mir nicht versichern, aber sie könne mir einen im Norden empfehlen, weil sie aus der Gegend komme. So fahre ich denn mit dem Bus 31 (?) nach **Portmarnock beach** und denke God guides me. Und was ist mit dem burgery, dem versuchten Einbruch? Vielleicht sollte mir das zeigen, dass zu Hause bleiben nicht automatisch in Sicherheit sein bedeutet.

In Portmarnock glitzert die Sonne auf dem Wasser, als wenn Millionen Perlen glitzern, ein langer Sandstrand mit nur wenigen Strandgängern lädt ein. Ein glücklicher Morgen, ich gehe lange spazieren, ein entgegenkommender Mann sagt: *What a lovely morning! Isn`t it?! " " Yes!",* I said, *"wonderful!"* And he said*:" Thanks God!"* Das war in meinem Sinne.

Von Portmarnock wollte ich den Bus nach **Malahide** nehmen und von dort den Weg am Meer zu Fuß zurückgehen. An der Bushaltestelle angekommen, trat eine Frau auf uns zu, ein Mädchen stand auch noch dort, und fragte, ob jemand von uns einen lift nach Malahide wolle. Ich sagte *Ja, ich.* Das Mädchen stieg dann auch in das Auto ein. Die Fahrerin sagte, dass sie oft den Leuten einen Lift gebe, weil ihren eigenen Kindern im Ausland so viel geholfen wurde. Das Mädchen war eine Deutsche, die für vier Wochen in einem Lokal arbeitete, während ihre Eltern an der Westküste Urlaub machten. Sie sprach ein so grauenhaftes Englisch und war recht aufdringlich, dass ich mich ziemlich gleich aus dem Staub machte. Als ich mir für den Rückweg in einem Café ein Croissant holte, traf ich die Fahrerin wieder, die dort saß und auf ihre Freundin wartete. Wir kamen noch mal ins Gespräch. Sie zählte die Länder auf, in denen ihre Tochter gelebt hatte, sie selbst war auch viel gereist, gerade hatte sie mit ihrer Freundin eine Reise nach China gebucht. Ich erzählte ihr von dem Buch: **„Der Traum einer alten Liebe"** von einer **irischen Autorin**, das ich gelesen hatte und in dem unter anderem beschrieben wurde, dass die Engländer auf die Iren hinabblickten. Sie bestätigte das für die Vergangenheit, in der die Engländer die Iren kolonisiert hatten. Natürlich hat sich ihr Denken nicht so schnell geändert, und sie blickten weiterhin auf die Iren herab. Es hieß **„ the black and the irish",** Die Schwarzen und die Iren, das waren für die Engländer Minderwertige. Als ihre Freundin Rosi kommt, verabschiede ich mich, obwohl sie mir anbietet, dazubleiben und mit ihnen Kaffee zu trinken. Aber ich will ja noch den Fußmarsch zurück nach Portmarnock antreten.

Es ist gut zu begreifen, dass wir keine masters sind, keine Herrenmenschen, keine Vollkommenen, es ist gut, dass wir hinknien können vor dem Größeren, vor etwas, das größer ist, das uns erinnert, das wir in allem, was uns betrifft, abhängig sind von anderen, helfenden Menschen, denn alleine sind und bleiben wir ohn-mächtig, ohne Macht. Das Denken, das nichts mehr über uns ist, ist doch größenwahnsinnig und führt in die Verlorenheit und Einsamkeit. Ein demütiges Herz ist schon gut! Man sollte es nicht der Lächerlichkeit preisgeben.

Als ich auf die Blinden wartete, die sich um 18.00 vor der **City Hall** treffen wollten, saß ich in der Nähe des

Eingangs von **Dublin Castle**. Ich fragte einen Mann, der ein Bürogebäude verließ, wann das gate geschlossen würde. Er kam näher und setzte sich neben mich. Ich bräuchte keine Angst haben eingeschlossen zu werden, es wäre noch lange auf. Er war um die fünfzig, hatte sein Leben lang als Finanzbeamter bzw. Mitarbeiter der Finanzbehörde gearbeite und war es gründlich leid. Er stellte sich vor, in Middle England später zu leben, wo er Freunde hat, sowieso schon oftmals hingefahren sei. Wenn er nicht so einen enorm starken, irischen Akzent gehabt hätte, hätte ich ihm ja gerne noch zugehört, aber ich verstand sein Englisch-Irisch einfach zu schlecht und verabschiedete mich.

Am Ausgang bzw. Eingang gab es ein kleines, französisches Lokal, das erst seit einigen Monaten geöffnet hatte. Der Inhaber war ein Franzose, der schon lange in Irland lebte, ich meine, er hieß Max und das Lokal „**chez Max**", aber vielleicht hieß er auch Jaque und das Lokal **chez Jacque**. Die junge Irin, die dort bediente und Französisch sprach, meinte, sie wüsste noch nicht, wo sie mal leben wollte, die Welt sei zu groß, als dass sie in Dublin stets bleiben möchte.

An der nahe gelegenen Straßenkreuzung sah ich eine blinde Frau seit geraumer Zeit am Bordstein stehen. Ich ging zu ihr und fragte sie, ob sie zu dem meeting an der City Hall wolle. Ja, das wollte sie, so begleitete ich sie hinüber.

Von Malahide also nahm ich den Fußweg zurück zu Portmarnock entlang dem Meer und von dort fuhr ich mit dem Bus nach Dublin rein.

Am Morgen meiner Abfahrt ging ich nochmal in die Kirche, die so nah war, die Pro–Cathedral. Es wunderte mich doch, dass um 7.30 schon so viel Leben in der Kirche war. Es schien in Dublin nichts Besonderes zu sein, die Kirchen, die Messen zu frequentieren, es gehörte zu ihrem Alltag dazu, das gefiel mir, so wie man mal schnell einen Kaffee irgenwo trinkt, genauso selbstverständlich geht man mal eben in die Kirche und betet. Jedenfalls war ich froh, zum Abschied ein Dankesgebet sprechen zu können. Bestimmt bat ich auch um Hilfe. In meiner Reisetasche lag die CD, die Robert mir kopiert hatte: „**Hear my prayer**".

Auf dem Rückflug hielt ich nach dem Journalisten Ausschau, den ich auf dem Hinflug getroffen hatte. Er war auf dem Weg nach Belfast, um mit dem Typen zu sprechen, der Harry Potter vermarktet.

Weihnachten 2005
19. 12. - 26.12

Uwe Timm bemerkt in seinem Buch *Am Beispiel meines Bruders,* dass seine 85 jährige Mutter keine Altersflecken auf den Händen hat, als er an ihrem Totenbett sitzt. Übrigens ist ihm das auch in seinem Buch *Rot* wichtig, er freut sich in *Rot,* dass er selbst noch keine hat, er scheint darauf stolz zu sein. Ich habe jetzt schon welche, obwohl ich noch viel jünger bin als die Mutter, ich mag sie, vielleicht weil ich schon als Jugendliche bei meiner Großmutter väterlicherseits diese Flecken schön fand. Auch bei meiner Mutter fand ich damals die Sommersprossen im Gesicht immer schön, aber sie pflegte sie mit Drula Bleichwachs zu bleichen, was ich traurig fand. Ich weiß schon, die meisten mögen eine makellose Haut. Überdies wurde ich schon früh grau wie mein Vater, nachdem ich das graue Haar zur Genüge ein paar Jahre getragen hatte, entschloss ich mich, dieses Produkt auszuprobieren, mit dem sich die alte Haarfarbe wiederherstellt, so wurde ich wieder mittelbraun, später jedoch bevorzugte ich wieder graue Haare, um das ständige Färben los zu sein.

Im Gate B34 warte ich auf den Flug nach Dublin.

Der Flug war anstrengend, obwohl viel Platz war, aber das permanente Motorengeräusch hat mich angekratzt. Ich war auch gar nicht gesprächsbedürftig, aber öffnete dann doch meinen Mund, als wir gelandet waren und das Flugzeug verließen. Mir fiel das richtige Wort nicht ein, aber ich sagte *dizzy* zu der jungen Frau, einer irischen Archiktektin, die in Dublin in **Smithfield** lebte, ihr erging es ähnlich schlecht, doch weil sie binnen zweier Tage vier Flüge absolviert hatte. Sie musste wegen ihrer Arbeit ins Ausland reisen und wurde bei unserer Ankunft von ihrem Freund abgeholt. Robert erklärte mir später genau, wo dieses Smithfield lag, nämlich noch zentral und auch ein geschätztes Etablissement für Musikauftritte in seiner Nähe.

Die Irin war schon fort, sie hatte nur Handgepäck dabei, während ich hier auf das laufende, schwarze Gepäckband blickte, um meine kleine Reisetasche zu entdecken. Die musste ich nehmen, denn Nagelschere, Pinzette und Feile durften ja nicht im Handgepäck verstaut werden, sonst hätte mir dieses auch ausgereicht. Ich stierte auf das verdeckte Loch, aus dem die Koffer kamen. Als ich kurz hochblickte, lächelte ich einer jungen Frau zu, weil ich ihr Gepäck so lustig fand, mir gefiel der Sack aus Leinen, farbig gestreift, orange und grün. Sie lächelte zurück und fragte mich, o*b ich wieder meinen Sohn besuchen würde?* Früher hatte ich ein ganz gutes Gedächtnis schien mir. Häufiger entfielen mir inzwischen jedoch Begriffe, Namen, Zeiten. Obwohl, vor kurzem rief Marcia aus: *Was hast du für ein gutes Gedächtnis!* Mehrere Jahre lag unsere letzte Begegnung zurück. Plötzlich sah ich sie kürzlich auf der Straße an mir vorbeilaufen, sie erkannte mich nicht sofort. Doch als ich ihr das eine oder andere in Erinnerung rief, sagte sie: *Oh ja! Ach Ja!* Zum Beispiel hatte sie mir einmal das Rezept ihrer wunderbar auf der Zunge zergehenden *russian teacakes*, gegeben, runde in Kakaopuder gerollte Bällchen. Ich wusste auch noch, dass sie, die aus Louisiana in den Staaten stammte, einen Leipziger geheiratet hatte, der in ihrem Englischseminar saß. Nun war er in ihrer freien Christengemeinschaft, in der ich damals keinen Fuß fassen konnte, Prediger geworden. *Was du alles noch weißt!* Staunte Marcia. Aber nun sah ich die junge Frau im Dubliner airport an und wusste unsere Verbindung nicht mehr. Doch als sie mir das Stichwort kunsttherapeutische Ausbildung in Ottersberg bei Bremen gab, fiel mir ihre anthroposophische Ausrichtung wieder ein. Sie erinnerte mich daran, dass ich, als ich letztes Mal meinen Sohn besuchte, einen Kaktus bei mir gehabt hätte, den ich sehr vorsichtig und umsichtig die ganze Zeit transportierte. Ich konnte ihr berichten, dass dieser inzwischen einen großen Teller dazu bekommen hatte. Daniela hatte dieses Mal ihren Freund dabei, der kurze Zeit später mit mir im Dubliner Bus für 1,70 Euro in die Stadt hineinfuhr, während sie den coach bus für fünf oder sechs Euro genommen hatte, denn sie wollte nicht wie ihr Freund einen Zwischenstopp in Dublin einlegen, sondern am central bus station gleich mit einem anderen Bus in jenes Dorf weiterfahren, in dem sie drei Wochen lang mit Behinderten, die in einem anthroposophischen Heim lebten, arbeiten wollte. Der Freund war aus Zwickau und studierte auch in Ottersberg. *Warum gerade Anthroposophie?,* fragte ich ihn, denn es gab ja auch noch die analytische Kunsttherapie. Die bezögen sich nur auf den Körper, würden nur vom Körper aus interpretieren, erwiderte der Student und meinte weiter, dass bei den Anthroposophen die Seele zum Menschenbild gehöre. Ich erinnerte daran, dass zum psychoanalytischen Menschbild auch das Unbewusste gehöre und fragte ihn, *was denn die Seele sei?* Er antwortete, d*ie würde Geist und Körper quasi verbinden* und dass er so genau Steiners Lehre noch nicht verstanden hätte. *Die Seele,* sagte ich, *haben wir ja auch in unserem Menschenbild, sie verbindet uns mit dem Göttlichen, sie ist die Tür zur Transzendenz.* Ich weiß nicht, ob die Busfahrt so schnell verging, weil wir „philosophierten" oder der Berufsverkehr, die rush hour, schon vorbei war. Als wir uns in der Talbot street trennten, ließ ich Daniela grüßen, sowieso hatte ich schon zu ihr gesagt *Bis nächstes Jahr, also?!*

Ich traf bei Robert ein, der sich einen Tag frei genommen hatte, um die Wohnung zu putzen und herzurichten. Außerdem hatte er einen leckeren Salat gemacht.

Ich wollte eigentlich das Dachfenster, unter dem ich schlafe, mit einem Tuch verhängen, um das Erlebnis im Sommer zu verdrängen, zu „verhängen", aber dazu müsste ich Nägel in die Wand schlagen und ich sehe ein, dass Robert das nicht möchte, er findet meine Furchtsamkeit lächerlich.

Nachts schlief ich dann sehr schlecht, auch wegen unterschiedlicher, nerviger Geräusche.

Das Wetter war schön. In St.Stephens Green auf der Bank gesessen. Ein paar Besorgungen gemacht, mich am Busbahnhof wegen Belfast erkundigt, denn ich hatte die Idee, dorthin zu fahren. Im Abbey theatre erkundigte ich mich nach dem Programm, weil wir vielleicht doch as every year eine Vorstellung besuchen wollten.

Robert hat neue Nachbarn, sie kommen aus Vilnius, sprechen kaum Englisch. Alle zehn Minuten verlassen sie ihre Wohnung, schlagen die Tür zu und stellen sich vor das geöffnete Fenster gegenüber von Roberts Wohnungstür, um zu rauchen und laute Handygespräche zu führen. Es ist so hellhörig, dass man sogar das Klicken ihres Feuerzeugs hört.
Vor zwei Tagen, am ersten Abend, schrie das Kind wie am Spieß, den ganzen Abend lang, so dass ich schließlich besorgt bei ihnen klingelte. Sie öffneten und sagten, dass das Kind krank sei und Zäpfchen nehmen müsse. Das Kind, das ich nicht zu Gesicht bekam, tat mir leid, ich brachte ihm am nächsten Tag ein irisches Kuschelschaf mit. Ehrlich gesagt, habe ich das später bereut, weil wir keine Ruhe hatten, denn weiterhin standen sie vor der Tür, sprachen laut, lachten, rauchten, meistens bringen sie auch ihr Weinglas mit auf den Flur. Ich bat sie, am Fenster in ihrer Wohnung zu rauchen, aber das hat nichts genützt.

Robert zeigte mir heute nach seiner Arbeit das **Ozanamo Haus**, eine Wohltätigkeitseinrichtung der **Vincent de Paul Gesellschaft,** in der er sich für die Hausaufgabenhilfe zur Verfügung stellt, PC Hilfe und Deutsch.

Now I`m in a sort of coffee to go shop, in dem oho!,Jazzmusik spielte.

Mein Museumsbesuch hat sich durchaus gelohnt. Ich sah nämlich etliche **Bilder von Jack Yeats**, war erstaunt, es machte mir sogar Gänsehaut, diese Flüchtigkeit, dass nichts eine Festigkeit besaß und besonders, dass die Menschen auf den Bildern sich nicht von der Umgebung unterschieden im Stil.

Der Nachbar, der mir hier im Café seinen Stift leiht, den ich aber dann leer schreiben darf, sagte, dass ich ihn behalten könnte, es sei ein Werbungsgeschenk seiner Firma. Ich hatte mein Schreiben unterbrochen, um ihn darauf hinzuweisen, dass ich ja Tinte verbrauchen würde, ob ich deshalb nicht lieber mit dem Schreiben aufhören und ihm den Stift zurückgeben sollte.

Er war Ire, hatte aber mehrere Jahre in Amsterdam und London gelebt. Er erzählte, dass in der Yeatsfamilie alle künstlerisch tätig waren, die Schwester habe getanzt, aber sie seien nicht reich gewesen. Ich antwortete ihm, dass ich darüber nachdenken wolle, ob sein Malstil, der ihn ein bisschen an van Gogh erinnerte, bzw. er meinte, dass die beiden nicht wegen des Geldes gemalt hätten, sondern um sich selbst, ihr Inneres, auszudrücken. Ja ich wollte über die Beziehung des flüchtigen, fragmentarischen, dahingewehten, immateriellen Malstils und der Armut gerne nachdenken, ob da nicht ein Zusammenhang bestünde.

Durch das Caféfenster sehen wir die Sammler für die Obdachlosen,the homeless, sie scheppern auf den Straßen mit ihren Büchsen bzw. Plastikeimern. Andere sammeln für **Barnados** und werben Mitglieder, eine **Wohltätigkeitsgesellschaft für heimatlose Kinder**. Die **Vincent de Paul Gesellschaft** kümmert sich um Kinder aus Problemfamilien, wenn ich`s richtig verstanden habe.

Alan heißt der Mann neben mir , er erzählt, dass es über den **Transport des Francis Bacon Studios** eine **DVD** gäbe, auf der man sieht, dass Hunderte von Fotos gemacht wurden, um festzuhalten, wie jedes Detail in dem Wirrwarr des Ateliers gelegen hatte. Getreu sollte bzw. ist es dann ja anhand der unzähligen Detailfotos wieder hergestellt worden.

Wenn Alan im Ausland ist, schreibt er auch ein bisschen. Bevor er geht, bekomme ich noch ein Küsschen auf die Wange.. Er habe unser Gespräch sehr geschätzt, meint, dass wir uns wiedersehen würden, wenn es sein sollte.

War mit Robert heute Morgen bei Dixon, einen Gutschein einlösen, den er für seine redaktionelle Mitarbeit an der Firmenzeitung bekam

Danach noch im Second Hand Laden in Temple Bar, er hatte dort darum gebeten, dass man ihm ein rotes Jeanshemd reservieren möge

Ich hatte in einem Laden, in einer Querstraße von der Talbot Street, also der Malborough Street ein Plakat von Bob Dylan gefunden, ein überaus großes Schwarz-Weiß-Poster, auf dem Dylan mit Mundharmonika und seiner Gitarre zu sehen ist. Er sitzt und trägt eine schwarze Brille. Dieses Foto haben wir noch an die Wand manövriert mit bluetac, das ich bei eason besorgte. Neben Dylan hängt ein Konzertplakat von Billy Bragg.

Von Robert habe ich ein handgearbeitetes Teelicht aus Wachs bekommen, das warmes, gedämpftes Licht durch die Wachswände von sich gibt. Allerdings ist die Seite mit der Verzierung, einem durchbrochenem Muster, bis zur Hälfte herausgebrochen, doch diese Seite habe ich weggedreht, so dass das Teelicht durch die verbleibenden Wände scheinen kann.

Mit den Leuten aus Vilnius war es noch nervig, ich fürchte schon darum, wenn sie gleich lärmend nach Hause kommen, sich wieder vor dem Fenster gegenüber Roberts Eingangstür platzieren. Ich fragte, warum sie nicht an ihrem Wohnungsfenster rauchten, das wollen sie nicht wegen des Kindes. Naja, aber sie haben mehrere Zimmer, auch zum Hof hinaus. Sie zucken mit den Achseln. Es ist ihnen egal, alle naselang schmeißen sie ihre Wohnungstür zu und stellen sich an das geöffnete Fenster. Der Rauch zieht durch die Ritzen von Roberts Wohnungseingangstür. Sie trinken, lachen, rauchen, haben Besuch. Es ist für uns, als seien sie im Nebenzimmer, denn Robert hat keinen großen Flur, von dem die Zimmer abgehen.

An zwei Abenden haben wir Geschichten erfunden. Sie wuchsen durch unsere sich abwechselnden Beiträge, wir freuten uns wie Kinder.

Bei meinem letzten Cafébesuch setzte sich eine blinde Frau an meinen Tisch. Natürlich fragte sie, ob sie sich setzen dürfte. Sie hatte gedacht, der Tisch sei frei. Es war Kaffeezeit bzw. Teezeit, alle Tische waren besetzt.

Es dauerte nicht lange bis wir in ein Gespräch eintauchten, Sie erzählte viel, deshalb hielt ich mich zurück.Vielleicht hatte sie das Bedürfnis vor ihrer Reise, die sie in ein paar Tagen antreten würde, noch etwas los zu werden, um sozusagen, weniger Gepäck mitzunehmen.

Ihr Vater war in Russland, ihrem Geburtsland, im Ölgeschäft tätig, weshalb sie reich gewesen seien. Das sei aber für sie eher von Nachteil gewesen, weil sie Angst haben musste, dass man sie entführte, und in der Schule hieß es, dass sie hochnäsig sei, was aber nicht der Wahrheit entsprach, beteuerte sie.

Ihre Mutter war Alkoholikerin, ihre Eltern haben sich oft gestritten. Sie mochte lieber ihren Vater, während ihre Mutter von ihr verlangte, auf ihrer Seite zu stehen. Mit vierzehn kam sie gezwungenermaßen nach Dublin, weil man ihr eine bessere Bildung zu teil werden lassen wollte. Inzwischen habe sie Dublin und Irland lieb gewonnen und möchte nirgendwo anders mehr leben. Sie fühlt sich frei. Ihr Vater ist inzwischen gestorben, das Ölgeschäft war in den Ruin geraten, sie fühlte sich seitdem sicherer, denn nun waren sie nicht mehr reich und niemand hätte mehr einen Grund gehabt, sie zu entführen. Sie bekomme alle Zuwendungen von der irischen Regierung. Ihre Mutter sei auch vom Alkohol genesen und habe ihr Bedürfnis nach Eigenständigkeit akzeptiert. Während sie erzählt geht ihr Oberkörper vor und zurück, vor und zurück, ohne Unterlass.

Ihre Finger sind zart wie die eines Kindes. Um ihren Hals hängt eine Kette mit einem großen Kreuz und dem gekreuzigten Jesus, zu den Verzierungen gehörten auch drei weiße Perlen in Tropfenform. Es war ein Geschenk ihres Vaters, das er ihr aus Österreich mitgebracht hatte. Sie hatte Österreich auch kennengelernt, auch Griechenland, besaß die griechische Staatsangehörigkeit und kannte noch andere Länder. Aber Irland schätzte sie doch am meisten. Sie war auch der Meinung, dass es Gottes Wille war, dass sie sich dem Leben zuwandte, denn sie habe Gott gefragt, ob sie in ein Kloster eintreten sollte, aber er habe entschieden, dass sie nach Irland gehen sollte. Sie sagte, sie liebe das Leben doch zu sehr.

Inzwischen habe sie keinen russischen Pass mehr, sondern einen griechischen. Ihre Vorfahren stammten aus Griechenland, sie flohen während der türkischen Besetzung nach Russland. In Russland habe sie als Blinde miserable Erfahrungen gemacht, sowohl in der Gesellschaft, die sich verächtlich verhält als auch durch ihre Eltern, sie wurde von ihrer Mutter geschlagen und beleidigt.

Ihr Vater, als er noch ein reicher Mann war, kaufte in Griechenland ein Luxusapartment, das zur Zeit vermietet sei, aber in dem ihre Mutter mit ihrem erwachsenen Bruder, die beide auch in Dublin ansässig sind, leben wollen, sobald sie neue Pässe erhalten haben. Sie habe ihren Anteil an dem Apartment ihrem Bruder geschenkt, wie sie sagt, weil sie nur schlechte Erinnerungen daran habe.

Sie wurde nach Irland in die Internatsschule geschickt und am Wochenende von einer irischen Familie beheimatet, ihre Eltern wollten ihr eine gute Schulbildung angedeihen lassen, was in Moskau für sie nicht möglich war. Ihre Eltern hatten Beziehungen zum KGB und so war dies alles möglich.

Dann gingen die Ölgeschäfte schlecht, und der Vater wurde von der Geliebten, seiner Sekretärin, verlassen, er bekam einen Herzinfarkt und starb. Ihr Bruder war zu der Zeit erst 12 Jahre und habe deshalb mehr gelitten als sie. Ihr Vater hatte sich von ihrer Mutter trennen wollen, doch sie flehte ihn an, dies nicht zu tun, denn sie befürchtete, dass sie dann noch mehr unter der Mutter leiden müsste. Sie mache sich deshalb Vorwürfe und habe ein Schuldgefühl, die Sekretärin wäre eine ruhige, sympathische Frau gewesen, ihr Vater würde vielleicht noch leben, wenn er die hysterische Mutter verlassen hätte und mit ihr zusammengezogen wäre.

In ihrer Großmutter und einer jungen Tante fand sie immerhin große Fürsprecher und Unterstützung für sich.

Sie könne ihrer Mutter ihre liberale Einstellung nicht mitteilen, denn diese denkt sofort an Prostitution, wenn nicht geheiratet wird. So spreche sie ihr gegenüber nur von harmlosen Freundschaften und nicht von erotisch-sexuellen Beziehungen, mithin auch nicht von ihrer lesbischen Beziehung zu einer lieben Freundin. Selbst ihrem volljährigen Bruder könne sie davon nicht erzählen. Ihre Mutter und ihr Bruder finden, dass sie zu irisch geworden sei, vermissen in ihr die russische Tradition. Ihr Bruder knüpfe bewusst keinen Kontakt zu Iren, denn er möchte nicht irisch werden. Sie dürfe ihrer Mutter und ihrem Bruder auch nicht erzählen, dass sie Deutsche treffe denn für die beiden seien alle Deutschen Nazis. Deshalb traue sie sich auch nicht, ihrer Mutter zu sagen, dass sie die Tasche, die sie zweimal mit in die Oper nahm, von Deutschen bekam.

Ihre Großeltern hatten einen russischen Piloten versteckt. Die Deutschen seien mit einem Schäferhund gekommen, aber ihre Großeltern haben trotzdem die Anwesenheit des Piloten verleugnet. Die Deutschen hätten den Schäferhund schließlich doch nicht eingesetzt.

Als ihr Vater noch lebte, habe ihre Mutter auch liberaler gedacht, aber jetzt hasst sie Juden wieder und lobt den Kommunismus.

Sie leidet sehr unter ihrer Mutter, von der sie früher geschlagen wurde und die ihr als Kind vier

Augenoperationen zumutete, was sie traumatisiert habe. Ihre Mutter glaube, dass ihre Blindheit eine Bestrafung darstelle und möchte sie wegoperieren lassen, um damit auch das Gefühl los zu sein, sie beide hätten gesündigt und seien bestraft worden. Ihre Mutter denke, sie sei mit einem blinden Kind bestraft worden, weil sie einen geschiedenen Mann geheiratet habe, ihren Vater, der inzwischen tot sei. Ihr um zehn Jahre jüngerer Bruder, der bei ihrer Mutter lebe, sei nur bedingt ihr Vertrauter. Da sie arbeitslos sei, habe sie ihren Psychologen verloren, den ihr die Firma stellte. Sie bekäme wöchentlich 240 Euro und 240 Euro für Taxifahrten. Ihre Mietbeteiligung liege bei 13 Euro pro Woche. Da sie Migräne habe, sei es für sie schwierig, eine Arbeit zu finden, denn sie würde häufig fehlen müssen, und ihre Menstruation bereite ihr jedes Mal Schmerzen.

Ich fasse mir ein Herz und unterbreche die junge Frau, ich sage zu ihr, dass ich ganz dringend auf Toilette müsse. Ja natürlich. Als ich zum Platz zurückkehre, hat sie sich bereits angezogen. Sie sagt, sie habe festgestellt, dass sie schon über der Zeit liege, sie habe nämlich mit der Freundin, mit der sie verreise, noch ein date und sei schon verspätet. Ja, es gibt sicherlich viel zu organisieren. Ich schaue ihr hinterher wie sie sich mit ihrem Blindenstock ihren Weg zwischen den Tischen bahnt. Ich bleibe auch nicht mehr lange, habe es eilig, an die frische Luft zu kommen.

Sommer 2006
Dublin - Galway – Cork – Kinsale- Dublin-
Portmarnock
12.7. - 17.7.

Iim Flughafen in Hamburg, warte auf den Flieger nach Dublin. **André Gide** im Gepäck: „**Si le grain ne meurt**", ein Teil seines „Journal", hatte schon in HH viele Seiten gelesen. Es ist ganz nett, aber seine Erziehung auch besonders. Ich mag durchaus seine Sprache, aber er ist sehr abseits der Realität bzw. er hat seine eigene.Viele Privatlehrer ersetzen seinen herkömmlichen Schulunterricht, da er unter den skrupellosen Mitschülern leidet.

Diesmal mit Air Lingus unterwegs, denn hlx fliegt nicht mehr nach Dublin. Ich schwitze und mir ist heiß, aber so wäre es außerhalb der Halle auch. Es sind meine andauernden Wechseljahre und die Hitze in einem, seit Tagen zwischen 25 und 35 Grad Celsius. Meine Pflanzen in Wasserbehälter gestellt. Ob sie überleben? Ich mochte aber niemanden beauftragen bzw. jemandem meinen Wohnungsschlüssel geben. Es ist nicht mehr so wie früher im Haus, als noch Freundinnen hier wohnten.

Der Flieger hat eine halbe Stunde Verspätung. Hatte mich mit der Bedienung hinter dem Tresen am gate unterhalten. Sie stammt aus der Türkei und ist schon 25 Jahre hier, mit einem Deutschen verheiratet, zwei Kinder, die Großmütter sind während ihrer Abwesenheit für die Kinder da. Sie hat eine halbe Stelle und findet es gut, außer Haus etwas zu tun zu haben. „Das Leben geht so vorbeit!", sagt sie, die erst 36 Jahre ist, (so alt wie mein Sohn), deshalb habe sie in Perspektive, en vue, in die Türkei zurückzukehren mit ihrem Mann und die Kinder hier zu lassen, wenn die Kinder etwas größer seien. Sie meint nicht wie ich, dass es nicht zu früh sei, pubertierende Jugendliche zurückzulassen.

Auf der Titelseite der Zeitung stand heute: „WM verloren, Herzen gewonnen". Seit gestern ist es also vorbei, aber die hoch gepriesene Stimmung („zu Gast bei Freunden") scheint deswegen nicht ins Agressive umzuschlagen. Ich fand die Stimmung ja auch erfreulich, aber gestern ging es mir doch auf die Nerven, dass schwarz rot goldene Luftballons bei uns am Treppengeländer des Hauses befestigt wurden mit entsprechend farbigen Luftschlangen. In ihrer Wohnung können sie ja meinetwegen ihre Wände damit tapezieren, aber das reicht ihnen nicht, manche Leute müssen darüber hinaus noch Raum ergreifen. Ich dachte dieser Tage auch an die verstorbene Frau Kakis, die im 1. Stock wohnte, die mir zu ihren Lebzeiten erzählte, dass bei ihr mehrmals der Blockwart vorstellig geworden sei mit der Nötigung, dass sie doch nun endlich die Hakenkreuzfahne vom Balkon herunterhängen sollte. Sie erfand immer neue Ausreden, warum das noch nicht passiert war, sie hat bis zum Schluss keine NaziFahne herausgehängt.

Am Abend kam ich mit einer Stunde Verspätung an. Robert legte für mich Musik auf, ich dachte es sei Bob Dylan, aber es war er selbst, der seine neuesten songs aufgenommen hatte und jetzt abspielte.

Er erzählte mir von einem Computertreffen einiger Blinder aus ganz Irland in seiner Wohnung, sie diskutierten die miserable Arbeitssituation der Blinden. Sie beschlossen, eine vorbildliche Arbeitstelle zu finden und zu dokumentieren. Vorbildlich sei es, wenn der Chef sich bewusst mache, was eine blinde Person an ihrem Arbeitsplatz brauche und sich entsprechend engagiere, als dass die Person alleine gelassen wird und unter den Sehenden untergehe. SAP sei sehr schlecht diesbezüglich, es interessiert die Firma nicht, wie ein Blinder bei ihnen zurechtkomme, sie könnten etwa ihre Systeme für Blinde handhabbar machen, blindengerecht. Aber darüber würden sich die Entwickler null Gedanken machen. Man lässt die Blinden auf einem Level null vegetieren und dann müssten sie eben Körbe flechten, sagt Robert. **Windows sei für Blinde** kein Problem, weil für jeden Schritt mit der Maus eine entsprechende Taste gedrückt werden kann und die graphischen Darstellungen haben eine entsprechende Texterklärung. SAP hingegen habe sich das alles gespart und lasse somit die Blinden hängen.

Im Innenhof des Irish Museum of Modern Art übten sie gerade mit Reden und Gesang für den **conmemoration day** on sunday. Ich ging durch eine geöffnete Tür in eine Ausstellung und wurde von dem Aufseher angesprochen, ob ich die moderne Kunst sehen wollte. Ich erkannte natürlich gleich den Mann, von dem ich in einem Reisebericht schon geschrieben hatte. Damals war er Aufseher des Raumes, in dem die map of Dublin ausgestellt war. Er zeigte mir den Weg in die Abteilung, denn hier sei ich in der historischen gelandet. Ich ging schnell, um nicht ein Gespräch anzufangen wie damals.

Während ich in den anderen Raum ging, sagte ich noch zu ihm, dass mir der hier ausgestellte, historische Stein wie eine Skuptur erschiene. Er lächelte und weg war ich.

So wie ich ihn sofort erkannte, erkannte ich auch Tatiana auf Anhieb, als ich die coffee society betrat, denn in der Zwischenzeit hatte ich auch ihr Gesicht vollkommen verloren. Sogar der Name war mir entfallen, obwohl ich ihr eine Karte aus Hamburg geschrieben hatte. Wie peinlich, wenn sie mich erkennen würde und ich sie nicht. Aber sofort als ich das Lokal betrat, erkannte ich sie von der Seite, sie hatte nicht mal das Gesicht in meine Richtung gedreht und auch der Name perlte sofort von meiner Zunge: *Tatiana!* Sagte ich und bemerkte, dass auch ihre Erinnerung sofort da war. Wir hatten uns aber nicht viel zu sagen, sie bestand jedoch darauf, mir einen Kaffee auszugeben, und ich war offenbar nicht die einzige, denn noch zwei andere wurden von ihr so bevorzugt. Eine Frau bekam sogar ein vierblättriges Kleeblatt mit Kakao aufgemalt, es sei eine Freundin, sagte sie, als diese gleich nach Erhalt des Getränkes gegangen war. Ich sagte zu Tatiana, dass noch alles in der Ferne sei. Daraufhin fragte sie mich, wann ich angekommen sei?

Im **Irish Museum of Modern Art** eine „**Barry Flanagan**" Ausstellung , exhibition of **giant bronze hares**. Auf die „hares", die Hasen aus Bronze komme ich später nochmal zu sprechen, was mir aber darüber hinaus gefiel, war zum Beispiel das zweisitzige Sofa, das mit der Rückenlehne zum Raum dicht an die Wand gestellt war, an der ein ebenso großer Spiegel angebracht war, so dass ein innerer Raum entstand, den man sehen konnte, aber nicht begehen, in der Ecke des Sofas befand sich eine Violine. Das ensemble wirkte erotisch auf mich. Ebenso der Sandhaufen, dessen Bergspitze jedoch nach innen gekehrt war, so dass eine Kuhle entstand. Meiner Meinung nach zeigte er in beiden Installationen etwas Inneres, das ist gut.

Ich finde den Dialog zwischen innerem und äußeren Raum kompliziert.

Nachmittags ging ich noch in die **Hugh Lane Gallery**, **Dublin City Gallery** und sah mir die Werke von **Sean Scully** an, sehr gewaltig und balkig, aber für mich schon interessant, weil ich ja doch auch ziemlich lange mit Streifen bzw. Rechtecken zu tun hatte, zur Zeit sind es bei mir Kreise. Die Aufsicht erzählte mir, dass Scully den Raum selber designed hätte, in dem er durch die Decke Tageslicht fließen lässt, während in den anderen Räumen künstliche Beleuchtung herrscht. Für 50 Jahre wird ihm dieser Raum zur Verfügung gestellt.

Allerdings kaufte ich für Gabi in Frankfurt keine Karte von ihm, sondern eine **Fotografie von William Eggleston**, denn sie fotografiert selbst gern, verkauft sogar ihre Fotos über eine Internet Plattform. Auf der Karte ist ein schlafendes Mädchen auf einer Wiese zu sehen, sehr von nahem fotografiert, so dass man die Wiese selbst nur als Unterlage des Körpers wahrnimmt, es war sogar nicht der ganze Körper, sondern nur ein Ausschnitt. Ich war angezogen von dem Bild, weil mir das schöne, schlafende Mädchen wie tot vorkam, so still und erlöst, sie lag mir ausgebreiteten Armen. Ich kaufte auch gleich für Eva eine Karte, aber ganz anderer Natur, wenn man so will, impressionistisch, obwohl ich in diesem Impressionismus - hier von **Berte Morisot** „summers day" - die Frau, die als Modell ja wirklich vor ihr gesessen hat, als Erscheinung empfand, also Wirklichkeit und ihr Verschwundensein in einem.

In einem booshop in der Abbey Street (nicht chapters, wo ich später noch zwei Bücher erstehe) kaufte ich **Irish short stories bis 1954** (André Gide legte ich beiseite), daraus las ich Robert zwei Geschichten am Abend vor. Er kam eine Stunde später, hatte länger gearbeitet und wir setzten uns auf den Dachgarten, der aber sehr geräuschvoll durch die verkehrsreiche Straße ist. Ich las ihm von **Brendan Behan „I become a Borstel Boy"** vor, die story gefällt ihm, natürlich kennt er den Autor. Ich lese ihm noch das Gedicht von **Patrick Kavanagh „Kednaminsha"** vor, es findet seinen Gefallen, auch dieser Autor war ihm bekannt.
Heute am Samstag waren Robert und ich einkaufen, Socken, Unterhosen, CD Rohlinge, etc., haben Passfotos machen lassen usw.. Wieder zu Hause, bereitet er ein leckeres Käse-Tomaten-Toastbrot zu.

Es regnet, bin aber noch mal los, um für Eva das Inlet der Barz **CD** zu kopieren, denn Eva liebt Barlach. **Ingo Barz** hat zu zwölf seiner Skulpturen Lieder geschrieben und gesungen. Robert lernte ihn in Lüdershagen kennen, seinerzeit war der Kirchenvorstand dorthin gefahren, mit dem Pastor habe er in einem Doppelbett geschlafen, bei einem weiteren Besuch mit dem Sozialarbeiter. Wie Lausbuben haben sie sich einen Scherz mit den Mädchen erlaubt, die durch ihr Zimmer schlichen, um in der Küche zu rauchen. Als sie wieder zurückschlichen, schrien sie auf, denn die beiden bösen Buben hatte die Klinke mit Zahnpasta eingerieben und auf dem Boden einen nassen Waschlappen in Wasser hingelegt. Das nannten sie den „Lüdershagener Doppelschlag". Er habe sich mit Barz lange unterhalten, dieser sei später nach Hamburg in die St.Stephanuskirche eingeladen worden, nach seinem Konzert verkaufte er eben diese CD, die Robert ihm abkaufte, auf das Titelblatt schrieb Barz eine Widmung.

Als ich mit Robert einkaufen war, zeigte ich ihm auch die „hares", die Hasen von Flanagan auf der O`Connelstreet.

„hare" von Barry Flanagan

Soweit das ging, hat er sie betastet, fand aber, dass der Elephant keine Stoßzähne hätte, die vermisste er. Im Rüssel gefielen ihm die Löcher bzw. die tiefen Einkerbungen nicht. Robert wollte gern mit dem **„Cricketer"** von **Flanagan** fotografiert werden, der **vor dem „Garden of Remembrance"** stand, jedoch so hoch auf einem Gestell, dass er ihn nicht befühlen konnte, sondern sich nur in dieses dreibeinige Gestell unter dem cricketer hineinstellen konnte. Ich beschrieb ihm die Figur, das Foto ist auch ganz gut geworden, bestimmt ist es für seine Freunde in England, mit denen er sich viel über cricket austauscht.

The Cricketer von Flanagan in der O` Connol Street
vor the Garden of Rembrance

`

Zurück in seiner Wohnung haben wir Formelles erledigt, unter anderem gab ich ihm Telefonnummern, die im Falle meines Ablebens wichtig wären.
Endlich das Fenster geputzt und auch gewischt, Robert macht währenddessen Gemüse in Thaisoße.

Im Irish **Museum of Modern Art** sah ich **Joao Penalva „Charakter and Players"**. War beeindruckt von den an die Wand geworfenen Dias, auf denen ein und dieselbe Frau zu sehen war in vielen verschiedenen Variationen, Lebensaltern, auch als Kind wurde sie gezeigt. Es wurde immer wieder eingeblendet, als wenn sich alles auf das Kind zurückführen ließe, das Kind in allem enthalten ist, in allem weiteren, in allem anderen von uns selbst. Sogar in der alten, vornüber gebeugten Frau die ihren Rosenkranz betet. Dieses Bild existiert nicht in der Ausstellung, es kommt mir nur so in den Sinn.
Der Verlust des Lebens zeigt sich. Ein Bild wechselt das andere ab, jedes erscheint nur für einen flüchtigen Augenblick, bis das nächste Dia, Abbild einer verstorbenen Wirklichkeit, auftaucht. Life is fading away.
Von **Joao Penalva, „The great Wallenda",** ein bedeindruckender, an die Wand projizierter Minifilm bzw. eine Szene, in der ein berühmter, amerikanischer **„tightrope walker"** zu sehen ist, der auf einem Seil geht, das zwischen zwei Hotels 40 Meter gespannt ist. In den Händen hält er dabei eine lange Stange. Man sieht, wie er ausgleitet, hinunterfällt, dann beginnt die Szene von vorne, sie beginnt immer wieder von vorne,

ist schwarz weiß und wird von einer gepfiffenen Melodie begleitet, „**The Rite of Spring**".

Ich entwerfe einen **Film**: **The opening and closing of doors**, nichts weiter und es ist immer dieselbe Person, die öffnet und schließt, manchmal sieht man den Bruchteil einer Sekunde einen Raumes. Es geht alles sehr schnell ohne Unterbrechung, kein Ausruhen, mal einen Atemzug lang wird der Rücken an die geschlossene Tür gelehnt.

Mit der Aufseherin, eine junge Frau, die im Norden Dublins, aber schon außerhalb aufgewachsen ist und dort mit anderen Kindern auf der Straße noch spielen konnte, unterhielt ich mich eine Weile. Jetzt wohnt sie im Süden vom Liffey, sie meint, dass es doch einen Einfluss auf einen hätte, wo man wohne. Da stimmte ich ihr zu. Man brauchte kein Geld, um etwas zu spielen. Das Spiel als Quelle der Kreativität, gestern die Buchverkäuferin sprach von Dublin als einem Creative Place.

Ich hatte ihr erzählt, dass ich die Kindheitsbilder unter den Dias als etwas Stabiles empfände, die Kindheit als das einzig Stabile, der einzig stabile Platz im Leben, danach kommen vielerlei Entwicklungen und Veränderungen von Orten, Beziehungen, Beruf. Andererseits sind ja auch die Fotos von dem Kind, das gezeigt wird, obwohl es immer dasselbe ist, verschieden, so dass eben nicht immer dasselbe Kind erscheint und die Stabilität gar nicht stattfindet, auch das Kind unterliegt wechselhaften Geschehnissen, Entwicklungen, also ist auch das Kind nicht der stabile Faktor in uns, an den ich gerne glauben wollte.

Das innere Kind ist doch genauso bedürftig wie die Erwachsenen, die der Liebe und Fürsorge bedürfen, das hört nie auf.

Heute am Sonntag nach Malahide gefahren, denn Robert muss an seiner   „talk around" Sendung arbeiten, für die er die Redaktion übernommen hat, da seine Bekannte zur BBC wechselte. In die Hörzeitung soll auch ein Bericht über seinen Segelurlaub. Also jede Menge zu tun.

Am Wochenende, nach dem ich schon wieder in Hamburg sein werde, bekommt er Besuch von einer in Berlin lebenden, blinden, türkischen Freundin, die ich mal kennen lernte und sehr sympathisch fand, es kommt auch ein blinder Freund aus Süddeutschland.

In **Malahide** passiere ich die Kirche, nachdem ich kurz drinnen gewesen bin, aber doch nicht bleiben will in der Messe, die in einer halben Stunde beginnen wird, dort sammeln sie für die St. Paul society. In Erinnerung an meine letztjährige Unterhaltung mit einer Irin in einem Malhahide Café, suche ich es noch mal auf, trinke dort einen Café, natürlich ist es nicht so wunderbar wie damals mit ihr zusammen. Ich lese von den Irish short stories die Geschichte **„Buchenwald" von Denis Johnston**. Gehe zum Strand und entlang dem Meer, das zu meiner Linken liegt, darüber ein tiefhängender, grauer Himmel. Ich habe Regenzeug mit, das brauche ich dann auch zeitweilig. Im Sand lese ich Steine und Muscheln auf, die mit anderen Elementen zusammengewachsen sind. Die Verbindung von zwei Gegensätzen ist reizvoll, wird mich später aber wieder loslassen.

Deshalb fand ich die **Samuel Beckett** Ausstellung in der **National Gallery of Ireland** so interessant: „a **passion for paintings**". Er hat die Malerei geschätzt und war u.a. mit Jack B. Yeats befreundet. Es werden Bilder gezeigt, die er sebst erworben hat wie zum Beispiel **„A Morning" von Jack B. Yeats**. Eine **Skulptur von Alberto Giacometti** ist ausgestellt und **Bilder von Louis le Brocquy**, sowie noch etliche andere.

Der Sand erinnert mich daran, dass Robert mir erzählte, als ich die sandigen Muscheln später auf seinen Tisch lege, dass ich früher vom Spielplatz Sand geholt hätte, ein Gesicht darinnen mit meinen oder seinen Fingern gebildet und darein Gips gegossen hätte. Dieses Gesicht hätte sehr lange in seinem Zimmer gehangen. Ich erinnere mich erst wieder aufgrund seiner Erzählung daran.

Ich gehe bis nach Portmarnock, dort noch ein Stückchen am Strand, aber dann gehe ich doch zum Bus, diesmal auf unbekanntem, schmalen Pfad, links und rechts von mir Buschrosen, die wunderbar duften, weiß und pinkfarben sind, ich fühle mich geborgen. Etwas weiter sehe ich hinter den hohen Buschrosen einen Golfplatz, nicht weit entfernt. Ich weiß noch nicht, wo mich der Pfad hinführt, aber dann komme ich doch an eine Straße und kann eine Bushaltestelle entdecken.

In der **Pro Cathedral church St. Patrick Kirche in der Malborough Street** kommt eine halbe Stunde vor Schließung eine alte Dame herein, die mit Freuden die Teelichter ausbläst, die andere ehrfürchtig aufgestellt und bezahlt haben. Sie meint, wenn man die runterbrennen ließe, würde das Löcher in der Plastikschale ergeben.

Habe einen Traum, von dem ich aber nur das Stichwort Taz notiert habe, also die Tageszeitung, aber ich erinnere partout nicht, was ich da geträumt habe.

Diesmal verschicke ich ausschließlich Kunst postkarten, eine Radierung, die Beckett zeigt, geht an B., M. schicke ich Jack B. Yeats, die Piéta geht an T., etc..

Ma tristesse en face de la mer ou de la nature, davon erzähle ich der Aufsicht in der Ausstellung in der **Temple Bar Gallery**. **Die Fotos sind von Elina Brotherus** und rufen bei mir Einsamkeitsgefühle hervor, etwa die stehende Frau vor dem Meer und der Landschaft oder die nackte Frau zusammengekauert in der Duschwanne oder auch der nackte Mann hinter einem (Dusch?)Vorhang mit dem Rücken zum Betrachter und nicht zuletzt die Frau in der Badewanne und das Telefon an der Wand mit im Bild.

Mit dem Bus von Portmarnock wieder zurück in die O`Connel Street. Der Strand war leer, auch der Bus, aber auf der O`Connel Street bewegen sich Massen.

Mit einem Coffee to go setze ich mich noch an den Liffey, auch hier ist es ziemlich leer, die Leute sind offensichtlich am Sonntag Nachmittag damit beschäftigt zu shoppen, denn die Geschäfte haben geöffnet, überall Einkaufstüten. Neuerdings gibt es auf dem Liffey große Boote für Rundfahrten, sind aber nur ein handvoll Interessenten. Schlendere noch mal zum **Garden of remembrance** und notiere mir dort von der Wandtafel folgendes **Gedicht** in Französisch und Englisch:

Nous avons eu une vision

« Dans les ténèbres du désespoir nous avons eu une vision/ nous avons allumé la lumière de l`espérance/ Et elle ne s`est pas éteinte.

Dans le désert du découragement nous avons eu une vision/ nous avons planté l`arbre de la vaillance/ et il a fleuri.

Dans l`hiver de la servitude nous avons eu une vision/ nous avaient fait fondre la neige de la léthargie/ et le fleuve de la résurrection en a jailli.

Nous avons vogué notre vision comme un cygne sur le fleuve/ La vision est devenue réalité/ l`hiver est devenue l`été/ La servitude est devenue liberté et cette liberté nous vous l`avons léguée en héritage.

O générations de la liberté/ Souvenez-vous de nous, les générations de la vision. »

Das Wasserbecken im Garden hat die Fom eines Kreuzes.

We saw a vision

"In the darkness of despair we saw a vision. We lit the light of hope and it was not extinguished. In the desert of discouragement we saw a vision. We planted a tree of valour and it blossomed.

In the winter of bondage we saw a vision. We melted the snow of lethargy and the river of Resurrection flowed from it.

We sent our vision as we like a swan on the river. The vision became a reality. Winter became summer. Bondage became freedom. And this we left to you as your inheritance.

O generations of freedom, remember us, the generation of vision".

Niemand schrieb diesen berührenden Text ab, das wunderte mich, aber dann kam jemand, der die Tafel fotografierte, ein Kanadier.

Karte an Michèle, pencil on paper „Maud Gonne" von Osborne, 1895.

Jetzt in Galway.

Obdachlose in Galway am Fluss

Galway, das eine junge Frau auf dem Flohmarkt in Hamburg, mit der ich ins Gespräch kam, so gepriesen hatte wie das Mekka. Anna, hieß sie, kürzlich wählte ich ihre Nummer, aber diese ist nicht mehr in Betrieb. Es liegt ja auch schon Jahre zurück. Das Wetter ist recht kühl und windig, gestern regnete es viel, aber ich ließ mich nicht erschüttern, ich hatte ja Regenzeug mit. Ich hatte in Dublin den Bus um 7.00 Uhr genommen (14 Euro) und war vier Stunden oder viereinhalb Stunden später dort, gleich am **Kennedy Park**, ein zentraler grüner Platz, auf dem viele Leute pausieren. Habe dort mit zwei jungen Franzosen, die hier Arbeit suchten, gesprochen. Sie waren traurig, dass Frankreich gegen Italien nicht gewonnen hatte, sprachen davon, dass Sidane provoziert worden sei. Ich sagte ihnen, dass dort, wo ich übernachtete, diese Woche eine Polin aufhöre, vielleicht könnten sie sich dort bewerben.

In der **St. Nicolai Kirche** mit den schönen Fenstern ist viel Rummel: Im Fernsehen kann man einen Papstauftritt vergfolgen, auch über die Kirche wird informiert. Gesänge und Reden sind zu hören. Gegenüber auf der anderen Seite des Mittelschiffs befindet sich ein Touristikshop mit aufstehender Tür, heraus klingt Rock n`Roll Musik, die die Verkäuferin aufgelegt hatte. Der große Altar war aus glattem, weißen, glänzenden Marmor, goldener, glänzender Stoff war darauf drapiert. Mir war das alles zu viel „des Guten", fühlte mich nicht zum Beten eingeladen.

Heute früh am Strand, der eine sehr kleine Bucht ist, aber ich bin den angelegten Pfad immer weiter, fotografierte die in der Ferne sichtbare, wellenförmige Hügelkette.

Hügelkette

Ich kam in den stilleren Bereich, wo über lange Strecken viel Seetng lag, das übte eine Faszination auf mich aus wegen der Stille bzw. der Immobilität, die ich spürte, da das Meer doch entfernt war. So lag dieses grünschwarze „Wesen" unbewegt auf dem nassen Sand und zog mich in den Bann seiner Reglosigkeit wie schon die Schlafende auf der Kunstpostkarte. Jogger und eine junge Frau auf der Bank, die in der Kälte doch frieren müsste, sie blickte reglos hinaus auf das Trübsal, auf das stillgelegte Meer möchte man meinen. Etwas weiter schlief einer auf der Erde, aber dicht an einer Bank.

Übrigens war die Busfahrt insofern eine Qual, als dass der Busfahrer Ohren betäubend laut das Radio angestellt hatte und einem Sabbelsender offensichtlich zuhörte, in dem es um Sex ging. (war das ffn oder fnn?).

Im **Galway Museum** sehe ich interessante Exponate, etwa die ausgeschnittenen Wellen blau und weiß von **Evin Nolan „Liffey Whispers",** blue and grey on canvas oder die **Arbeiten von Michael Craig-Martin,** er schiebt in die linke, obere Ecke ein Landschaftsbild unterschrieben mit **„Flynne",** das übrige Bild ist „leer", ein **Selbstportrait von Patrick Graham 1997**, **William Scott mit großen Formaten,** Blau auf Weiß, Formen, und andere Künstlerinnen.

Junge Leute mit orangefarbenen Rucksäcken schauen sich die Bilder an. Die junge Begleiterin erzählt, dass es sich um italienische Jugendliche handelt, die einen Sprachkursus in Galway belegt haben, und da es viele solcher Gruppen gäbe, habe jede Gruppe einen andersfarbigen Rucksack, damit sie wissen, wohin sie gehören. Sie selbst kommt aus Cork, ist aber schon weit gereist, Amerika, Australien, London.

Im Bed and breakfast room ist wieder der Sabbelsender eingeschaltet, also ungemütliches Frühstücken. Laufe nach **Salthill beach**. Ich glaube nicht, dass ich schon Vergleichbares gesehen habe, vielleicht in Palavas, in der Nähe von Montpellier, wo das Meer blauseiden war. Hier ist es der abwechslungsreiche Strand, also die Öffnung des Meeres, dahinter diese unglaublich sanfte Hügellinie. Lehne in der kleinen Bucht gegen einen Stein. Einen verloren wirkenden Kinderwagen (pram) vor dem offenen und weiten Meer fotografiert. Das passt ja, das Leben kommt doch aus dem Meer.

A push chair at Salthill beach

Robert aus Galway angerufen, um ihm zu sagen, dass alles gut geklappt hat. Er sagte:„Erhol dich gut!" Es rührt mich, dass er daran denkt.

Auf dem Weg nach Salthill stützten drei Mädchen ihre Ellenbogen auf eine Mauer. Ich fragte, ob ich sie fotografieren dürfte, hinter ihnen lag eine weite Wiese unter dem Horizont. Sie freuten sich und strahlten. Wenn ich noch einmal hinkomme, suche ich sie vielleicht. Das Foto steht neben anderen im Moment auf meinem Schreibtisch. Sie sind entzückend.

Die drei Mädchen in Galway

In der **Salthill Bucht** hält sich noch eine Frau mit Kind auf, eine Russin, die vor acht Jahren nach Israel gegangen ist, in die Nähe von Tel aviv, sie hat dort Hebräisch gelernt, meint, das sei nicht schwer. Sie findet Israel den schönsten Platz, den sie in der Welt kennt, weil dort das Leben abends beginne. Die Palästinenser und überhaupt die Araber findet sie primitiv, weil diese nicht differenziert denken würden über humanity and to help someone. Sie würden das ganze Land für sich haben wollen und Israel nicht anerkennen. Seit 6 Monaten ist sie in Galway und wartet auf einen Pass für ihre Tochter, deren Vater Ire ist, um mit ihr ausreisen zu können, was der Vater jedoch nicht möchte. Ihren Unterhalt bezahlt die Stadt. Ihr Redeschwall ist unaufhaltsam, ich entziehe mich langsam.

Während ich unterhalb gehe, sehe ich oberhalb einer Mauer, die in Galway zum Strand führt, zwei Japanerinnen sitzen. Ich frage auch sie, ob ich sie aufnehmen darf, denn hinter ihnen ist nur der weite Himmel, weil ich sie von unten aufnehme. Die beiden Mädchen bzw. jungen Frauen lachen zustimmend.

Die beiden Japanerinnen in Galway

Dann empfing mich wieder die Ruhe des bewegungslosen Reiches hinter dem Galway Strand. Ich mache wieder Aufmnahmen, eine dieser Aufnahmen sieht nach der Entwic](ung aus wie eine Malerei, malerisch, still. Treffe zwei Jungs, einen Pianisten aus South California namens Mathew, er empfiehlt mir in Cork ins „Welcome Inn" zu gehen, sofern ich ein Bier trinken möchte, Bier trinken bedeutet mir aber nichts.

In Galway sah ich zum Abschied noch den irischen Schriftsteller **Oskar Wilde** und den Schriftstgeller **Eduard Vilde aus Estland** auf einer Bank einander zugewendet sitzen und miteinander sprechen.Es ist ein fiktives Gespräch, dass der **Bildhauerin Tiiu Kirsipuu aus Estland** zufolge 1982 statt gefunden haben könnte. Zwischen ihnen ist Platz, dort sah ich die Touristen sitzen, um sich zwischen den beiden fotografieren zu lassen. Ich sah auch, dass die beiden umarmt wurden. Stand nicht geschrieben, dass Wilde gesagt haben soll, dass die eigene Identität gefunden werde, wenn man fremde Kulturen kennenlerne? Als ich in Hamburg in André Gides journal „ si le grain ne meurt" weiterlese, erfahre ich, dass er mit Oscar Wilde gut bekannt war. Seitenlang schildert er diesen, dessen Freund und seine weitgehenden Erfahrungen mit ihm. Gide gefällt mir nicht mehr so wie anfangs, er ist mir zu exessiv stellenweise, und sich in Afrika die Jugendlichen zu kaufen, dazu hat er überhaupt keine kritische Einstellung bzw. Distanz, es zählt le désir.

Im Bus nach Cork werden wir eine Weile mit der Musik von **Pink Floyd** begleitet, „**shine on your crazy diamont**", allerdings ist das alte Paar in der Sitzreihe hinter mir, das sich im Bus kennengelernt hat, etwas anstrengend. Sie reden von der Jugend heutzutage, von ihren eigenen Kindern, die in der Welt verstreut leben, in Japan, Australien, Neuseeland, aber die, die am Ort sind kümmern sich und fahren sie aus: they take you out! Vor Weihnachten fährt die Dame nach Galway wegen des Weihnachtsmarktes und auch nach Dublin, hierhin wegen des Einkaufens, da habe sie alles beisammen, sei in einer Stunde fertig.

In **Cork** gibt es in der **Lewis Glucksmann Gallery**, ein mir unsympathischer Bau, eine interessante **Ausstellung: „Arbeit in der Kunst"** von 30 internationalen Künstlern von 1970 bis heute, mit Aspekten wie etwa Globalisierung, Migration, Geschlechterbeziehungen, Arbeitsbedingungen,etc..
Allerdings Malerei findet man hier nicht. Beim Ansehen der Arbeiten bekomme ich Herzklopfen, denn die Ausbeutung ist schwer auszuhalten.
Im **Fitz Gerald Park** mache ich einen Spaziergang, der Abend neigt sich. Spreche mit einem jungen Mann, der nächste Woche nach Berlin reist und mich fragt, wie ich Cork finde. Aber ich kann ja noch nicht viel sagen. Hatte von ihm wissen wollen, ob der Fluss

Arm und Reich teilt, so wie in Dublin, wo die Reichen südlich vom Liffey wohnen und die Ärmeren nördlich. Aber das konnte er nicht bestätigen, vielleicht, meinte er.

Im **Crawford Museum** geht es auch um Arbeit, wenn man so will. Die **Bilder zur Hungersnot** gehen nahe, wie die Familie die verfaulten Kartoffeln entdeckt, wovon sie doch leben wollen, von gesunden Kartoffeln. Die Museumsaufsicht kommt darauf zu sprechen, dass zur Zeit der Hungersnot viele emigriert seien, ich erzähle ihr von dem Famine Denkmal in Dublin am Liffey, das sie noch nicht kennt.

Mein Zimmer in Cork liegt ziemlich weit außerhalb, komme an niedrigen Häuschen, eins am anderen, vorbei, schaue wie von selbst auf ihre Fensterbänke.Ich hätte sie fotografieren sollen, der Reihe nach, da sah ich eins mit Trockenblumen auf der Fensterbank, eins mit Putzmitteln vollgestellt, eins ging ganz leer aus, dort lag nichts auf der Fensterbank, nur Staub, dann frische Blumen, dann eins mit zurückgezogenen Gardinen, drinnen ein Mann über eine Zeitung gebeugt, eins mit Stoffposter, einem Drachen darauf und einem keltischen Symbol.

Nachdem ich den goldenen Engel, der die Flöte spielt auf der **St. Fins Cathedral,** fotografiert hatte und einem ankommenden Paar erklärte wie sie in die umgebenden Gärten kämen, erzählten sie mir von Kinsale, das sie noch besuchen wollten. So änderte ich meine Pläne und kaufte mir ein Busticket dorthin, denn ich wollte hier doch gerne einmal an der Küste sein. Die beiden gingen in die Kirche, die man für 3€ besichtigen durfte. Für Nichtbezahler war der Blick verwehrt.

Am **Fluss Lee** warte ich auf den Bus. Vorher war ich noch an einem kleinen See in der Nähe meines Zimmers. Drumherum walken dickere Personen und schieben dabei ihre Ellenbogen kräftig vor und zurück, während sie dabei miteinander parlieren.

Heute früh waren nicht so viele Leute unterwegs, und ich konnte meinen Gang in die Stadt und durch die Stadt genießen. Der **Platz** in der Nähe **der T.O. Grande Parade** hat mir heute gefallen, am Fluss gelegen und auf der Brücke ein Flötenspieler, der sein Spiel durch Lautsprecher verstärkte und weil es so leer war, wirkten diese Klänge umso mehr wie ein fernöstlicher, meditativer Ruf.

Dort, wo ich wohne, gibt es kein frisches Obst und für die Cornflakes gibt es Grapefruitsaft aus der Dose. Überhaupt gibt es hier alles in kleinen Plastikverpackungen, entgegengesetzt zu meiner Unterkunft in Galway bei Mary and Peter. Dafür gibt es hier ein Fenster, das ich weit öffnen kann, während jenes bei Mary nur ein paar Zentimeter auf ging und auch keinen Ausblick hatte. So kann ich in diesem Zimmer die Abendsonne hereinlassen, mich am Fenster aufhalten, während ich meine Nägel schneide. Im Spiegel stelle ich auch fest, dass ich aus Galway einen Sonnenbrand mitgebracht habe bzw. aus

Salthill, mein Gesicht war gerötet. Nur, dass ich dauernd essen „muss", um mich zu beruhigen, missfällt mir. Die hübsche Zimmerwirtin Maria hat eine neunjährige Tochter, die große, aufgeweckte Augen hat, aber viel jünger wirkt. Heute früh saß Maria bereits um 8.30 Uhr vor dem Fernseher. Im Fernseher saßen eine Frau und ein Mann auf dem Sofa, wohl eine talk Sendung, der Mann wurde interviewt. Als ich abends zurückkam, um 18.30 Uhr, lagen Maria und ihre Tochter auf dem Ehebett und sahen fern. Den Mann sah ich Gott sei Dank nicht wieder, er war auch so attraktiv wie Maria und hatte in mir offenbar eine ganze Portion Lust ausgelöst, der ich später freien Lauf gab. Er hatte mich empfangen und in das Haus eingewiesen, war dann verschwunden. Es ist eher selten, dass mich ein Mann körperlich so stark beeindruckt, aber es kommt eben vor. Maria ist immer in kurzen shorts und Hemdbluse, trägt langes, aufgelöstes Haar, sie hat lange Beine und große, runde Augen, sie wirkt sehr amerikanisch und auch die Einrichtung des Hauses. Alles so glatt irgendwie. Auf dem Zimmer befinden sich Teebeutel ohne Namen in weißen Papierbeuteln, Kaffeesahne in Plastiktöpfchen, Zucker in Schutzfolie portionsmäßig abgepackt.

Warte immer noch auf den Bus nach Kinsale. Statt im Busbahnhof die Toilette zu benutzen, gehe ich noch mal in die Stadt in eine irische Kneipe, die voller Männer ist. Die Toilette hier ist nett eingerichtet, An der Wand im Vorraum sind Mosaikbilder mit schönen

Farben und Strukturen. Ich darf hier nicht nur umsonst die Toilette benutzen, sondern auch noch in der Kneipe fotografieren.

Time is out of space geht es mir durch den Sinn und *you are getting older and older in each part of the world.* Sagte ich das nicht zu den vier alten Männern auf der Bank in Kinsale?

Als ich abends wieder in Cork bin, komme ich auf dem Weg zu meiner Unterkunft wieder an jenen niedrigen Häuschen vorbei, die aneinander gereiht stehen und deren Fensterbänke mein Blickfang gewesen waren. Ich sehe auf einer Fensterbank einen Farn im Übertopf, einen geschnitzten Hund auf einer anderen und leere Porzellanschüsseln auf einer weiteren, auf der nächsten liegen Klamotten durcheinander auf dem Haufen, bei einem Fenster ist das Rollo heruntergelassen.

It`s like a coffee to go, to take away, sage ich später zu Robert, die Leute hasten von einem Platz zu einem neuen, sie rasten nicht mehr wie früher, sie wollen möglichst viel in kurzer Zeit einfangen und mit nach Hause nehmen. Das war mir schon bei der Tochter eines Bekannten aufgefallen, die mit ihren Freundinnen in wenigen Tagen das Land abgraste, auch Mathew und sein Begleiter brüsteten sich damit, jede Nacht woanders zu verbringen, also weiterzureisen und im Gepäck immer mehr Eindrücke zu stapeln. Das ist wie eine Droge, die einen von sich selbst entfernt, manche würden vielleicht sagen, die einen sich selbst näher bringt. Das Verweilen wird schwierig, man wird sich selbst lästig, man muss sich mit anderen Seinsformen und Seinsinhalten auffüllen, man kennt es nur zu gut, den eigenen Alltagstrott, das Alltagsich, die alltägliche Reproduktion des Ichs. Begegnungen sind und bleiben flüchtig und vielleicht deshalb aufregend oder bedeutungsvoller als daheim. Alles wird nur mal kurz angerissen und man hat das Gefühl, man habe die Welt umarmt. Hm. Ist das nun eine Selbstbeschreibung?

Ein Familienvater in Kinsale, der seine Videocamera nicht loslässt, in jede Straße hineinfilmt ohne tiefer hineinzugehen, aber er möchte alles mitgenommen haben. Er dreht sich um sich selbst bei laufender Kamara, alles soll hinein und später bei ihm daheim sein.

Heute Nacht sehr schlecht geschlafen. War es das Gespräch mit dem Polen im Bus von Kinsale nach Cork? Immer wieder dachte ich an seinen Hass auf die Deutschen und daran, dass er meinte, die Deutschen hätten eine schlechte Meinung von den Polen, die ihrer Meinung nach faul seien und sich betränken. Er möge die Deutschen nicht, sagte er, die würden niemals so wie wir hier im Bus miteinander sprechen. Noch hatte ich nicht gesagt, dass ich Deutsche bin (und das Gespräch initiiert hatte). Ich brachte es nicht über die Lippen. Aber die Iren, meinte er, mit denen würde man einfach so reden können, er hielt mich für eine Irin aus Cork. Er würde Hitler hassen, sagte er, obwohl seine Eltern selbst keine schlechten Erlebnisse mit Deutschen gehabt hätten, sondern nur die

Großeltern, würde doch ein ungutes Gefühl da sein, man spüre immer, dass die Deutschen nicht gemocht sind, man hasst sie, auch wenn man das nicht laut sagt. In Kinsale habe er Arbeit als Gärnter und seine polnische Freundin putze bei einer amerikanischen Familie. Mit zwei weiteren Polen haben sie ein Haus für 800 Euro im Monat gemietet. Das sei ein gutes Leben. Am 19.8 wolle er heiraten. Es kämen viele Polen nach Irland, sagte er, sie verdienen hier besser als in Deutschland.

Die vier alten Kinsaler auf der Bank zum Charlesfort hatten mich gefragt, ob es in Deutschland auch so viele Polen gäbe? Ich hatte in **Kinsale** bei wunderschönem Wetter einen Ausflug zum **Charlesfort** gemacht und auf dem Rückweg, ein Fußweg, saßen vier alte Männer auf einer Bank, sie blickten auf den See hinaus. Ich sah sie von weitem und musste an „**Warten auf Godot**" von **Samuel Beckett** denken. Ein paar Schritte von ihnen entfernt waren zwei überdachte Sitzplätze. Als ich bei ihnen war, vor ihnen stand, fragte ich schmunzelnd: „*Are you waiting for the bus?*" Sie hoben ihre Köpfe und grummelten freundlich. Ich zeigte auf die Überdachung, der vermeintlichen Bushaltestelle, und sagte: „There is no time-table!" Die vier Köpfe schauten nach links, nickten und sagten „no!". Sie hatten den *joke* verstanden und schmunzelten nun ihrerseits. Sie waren in Kinsale groß geworden, und ich erzählte ihnen von meiner Reise. Dann fragte ich

sie, ob ich sie fotografieren dürfte. Ich durfte, und so
entstand das Foto von den vier Kinsalern.

Die vier Kinseler

Wieder sitze ich am **Fluss Lee** gegenüber dem Busbahnhof, auf den Treppenstufen, die hinunter ins Wasser führen und warte auf den Bus nach Dublin. Nearby ein aus Bierdosen trinkender Mann, der die ganze Zeit laut mit sich selbst spricht, auch singt. Er sieht zu mir und sagt, ich solle ruhig weiterschreiben - ich schreibe noch über Kinsale. Ein Ire? Ein Pole? Ein? Nebenan sind mehrere wie man bei uns sagt „Penner" versammelt, aber ich finde das Wort würdelos. Vermutlich sind sie arbeitslos und sehen zur Zeit keine Perspektive. Sie treffen sich und trinken um ihre Lage zu vergessen.

In **Kinsale am Charlesfort** angekommen. Exakte Formen (Ruinen) wie aufgezirkelt, abgezirkelt, gerade Linien, davor eine große, gemähte Rasenfläche und „Schlafende", also Liegende, auf dem Rücken mit geschlossenen Augen blicken sie in die Sonne, geben sich ihr hin. Das ganze Bild ist bewegungslos, mir kommen die Liegenden wie Tote vor, die vereinzelt auf dem grünen, Sonnen beschienenen Boden liegen. Auch wie Vergessene kommen sie in mir vor. Bewegungslos, anspruchslos, regungslos liegen sie auf der Erde und rühren sich nicht. Ich fotografiere die anscheinend Toten. Dieses Bild mit der formschönen, geometrischen Festungsruine im Hintergrund, der formschönen, grünen Fläche davor und den vereinzelten auf dem Rücken ausgestreckten Menschen mit geschlossenen Augen wie immer schon da liegend.

Charlesfort

Charlesfort

Charlesfort

Ich sagte dem Polen Thomas dann doch, dass ich eine Deutsche bin. Er meinte, oh sorry, und es wäre doch gut, mal eine Deutsche kennen gelernt zu haben. Er hätte sich in den nächsten Tagen gerne noch mit mir im Pub getroffen, aber ich musste ihm leider sagen, dass ich am nächsten Morgen schon zurück nach Dublin führe. Er sagte dann noch, dass er nichts mehr von Polen wissen wolle, aber ich meinte, dass das in zehn Jahren vielleicht anders sei und erklärte ihm, dass ich mich immer geschämt hätte, eine Deutsche zu sein und dass ich seinen Hass und seine Abwehr verstünde. In Polen wohnt er 50 km von der Grenze, auf der deutschen Seite sind es 50 km bis Berlin.

Vielleicht seien es auch nur die Ostdeutschen, meint er, die die Polen nicht mögen und umgekehrt. Meine Familie ist 1953 geflüchtet, insofern bin ich auch Ostdeutsche. Das Gespräch muss abgebrochen werden, denn er muss aussteigen. Weit vor Cork lässt er den irischen Busfahrer wissen, dass er ihn absetzen soll. Doch der erwidert, dass hier keine Haltestelle sei und will nicht. Aber bisher habe es keine Schwierigkeiten gegeben, sagt Thomas. Der Busfahrer lässt ihn schließlich aussteigen. Ob das seine erste, unangenehme Erfahrung mit einem Iren war?

In der Busbahnhofshalle entdecke ich eine Skulptur, die einen blinden, sitzenden Schüler darstellt mit einem Buch auf den Knien, in dem ein Schlitz ist. Da hinein werfe ich eine Münze, Robert ist darüber böse, als ich ihm später davon erzähle. Er meint, die

Blinden würden in der Öffentlichkeit als Bettler dargestellt. Ich hatte das nicht so empfunden, heutzutage sammeln doch tausende von Vereinen Spenden ein und viele staatlichen Unternehmen und (kulturellen)

ionen werden subventioniert. Das ist aber seiner Meinung nach etwas anderes. Es gibt in Cork drei Blindenschulen, die aufeinander aufbauen, sagt ein Bahnhofsangestellter oder ist es ein Busfahrer?
Bin ohne Frühstück von Maria weg, die mir gespenstisch vorkommt. Sie sagte, dass sie umgebaut hätten, früher hätten sie acht Gäste beherbergt, jetzt vier, also ein Zugewinn an Privatraum, der großzügig, hallenmäßig mit wenig Trennungen gestaltet ist.

Vor der Abfahrt gehe ich noch durch den **English market** und gegenüber in den **peace garden**, ein kleiner, grüner Flecken, harmonisch, beschaulich, Lesende, Liebende, Erzählende, Träumende, bevölkern ihn, alle Bänke sind besetzt, auch die Rasenflächen, schön anzusehen auch.

The tiny peace garden in Cork

Nach zweieinhalb Stunden Fahrt macht der Bus eine Pause. Ein langer Pole sagt mir, dass er in Nürnberg und in Siegen gearbeitet, aber zu wenig verdient habe. Hier habe er jetzt einen Vertrag und verdiene besser. Unser Gespräch ist beschränkt, da er nur das Wort Arbeit kennt und die Städtenamen, ein bisschen Zeichensprache.

Die Busfahrt geht weiter, im Bus Radio gibt es eine talksendung zu der Bier drinking competition Veranstaltung. Für und wider Beiträge. Dafür ist eigentlich nur der Veranstalter selbst, die meisten, die anrufen, haben einen betrunkenen, Auto fahrenden Angehörigen verloren und sind empört über den TrinkWettbewerb.

Am Liffey gehe ich bis zum Famine Denkmal, mehrere aufrecht gehende, hungernde, ausgemergelte Menschen, ein Hund und ein Kind - ist es schon tot? - über die Schulter eines Mannes gelegt.

Das kranke (oder schon tote) Kind
auf der Schulter des Mannes

Auf dem Rückweg passiere ich ein junges, drogenabhängiges Paar. Das Kind wird an einer Plastikleine geführt, weil es hyperaktiv sei, sagt der Vater.

Im Buchladen vorne in der Abbey Street, also nicht chapters, das weiter hinten liegt, sprach ich mit der jungen Verkäuferin, die englische und französische Literatur studiert. Könnte sie auch in Cork, sagt sie, sie komme ja aus Cork, aber die Uni sei in Dublin besser, das Trinity College. Überhaupt sei Dublin die Hauptstadt und gefalle ihr besser, weil sie viel mehr kulturelle Angebote habe. Das stimmt auf jeden Fall bezüglich der modernen Kunst. Vor zehn Jahren sei in Cork gar nichts gewesen, es habe aber in den letzten zehn Jahren gewaltige Veränderungen durchgemacht, man erkenne es nicht wieder, seitdem es die Kulturhauptstadt Europas im letzten Jahr war. Dafür sei eben viel gemacht worden. Sie war schon vier Mal in Frankreich, in Lyon, Nice, Bordeaux, Paris.

Es ist wahrscheinlich wirklich so, dass Dublin nicht zu übertreffen ist. Die junge Frau aus Cork sagt noch, dass sie gern größer sein würde, so groß wie ich, die Iren seien so klein. Ich erzähle ihr, dass ich insbesondere als Jugendliche darunter gelitten hätte so groß zu sein und mir gewünscht hatte, kleiner zu sein. Das konnte sie nicht verstehen.

Robert hat eine anstrengende Woche hinter sich. Heute Abend wird ein Kollege aus Buenos Aires verabschiedet, der nach eineinhalb Jahren zurückgeht. Während er sich die Schuhe zubindet, erzählt er von dem Busch Besuch in Deutschland bei der Kanzlerin Merkel (13.7.2006), der 12.000 Euro gekostet habe, um seine Sicherheit zu gewährleisten. Dann redet er von der Bombardierung Beiruts durch die Israelis, von einer Demo am nächsten Tag der Palästinensergruppe am Spire.

Verbringe die Stunden bis zu seiner Rückkehr in Unruhe, was Robert nicht versteht, aber seit dieser Sache mit dem Oberlicht, und auch, dass die Fenster nicht verschließbar sind und die Tür nur den einfachen Schlüssel hat, lassen mich nicht ruhig sein. Wieder zurück erzählt er, dass er sich mit einem Kollegen lange über dessen Beziehungsschwierigkeiten unterhalten habe, eine Karrierefrau habe der zur Freundin.

Während ich die Eingangstür abschließe, auch noch die Kette vorlege, sagt Robert, dass ich aus seiner Wohnung einen Hochsicherheitstrakt mache.

In der **Dublin National Gallery** wollte ich ja unbedingt noch den **Film über Beckett** sehen, aber auch beim dritten Mal war das nicht möglich wegen eines technischen Defektes, um den sich offensichtlich niemand kümmerte. Nun saß ich mit einem Iren allein in dem dunklen Raum, und wir warteten auf den Anfang. Doch die Wand gab nur grauen Schimmer von sich. Der Ire meinte, das sei ganz Beckett like, dass Beckett das gut gefunden hätte.

Bin noch mal zu den Bildern von Jack Yeats, den Aufseher fragte ich nach Bildern zu der Hungersnot. Er meint, die wenigen Bilder, die es gab, seien an England verkauft worden wegen des Geldes. 2,5 Millionen Iren seien ausgewandert, nach Amerika oder England.

Befinde mich, um ein bisschen zu schreiben, im Café gegenüber vom **Abbey theatre**, in dem es im September eine **Audiodiscription für Blinde** zu einem Stück von **Oskar Wilde** geben wird. Für Robert soll ich unterwegs noch Sahne und Äpfel kaufen, damit will er sich die Heringe, die ich aus Hamburg auf seinen Wunsch hin mitbrachte, zubereiten

Heute Morgen an meinem letzten Tag mit dem Bus 32 oder 31 ?nach **Portmarnock**, auf irisch: **Port Mearnóg**. Aber erst mal kam er gar nicht. Eine alte Dame wartete auch schon die ganze Zeit, sie will ihre Schwester besuchen, das macht sie alle acht Wochen. Sie meint, mit dem Bus das sei so eine Sache, besonders am Sonntag. Sie wohne nicht weit von Galway entfernt und das seit 42 Jahren. Mit ihrer Freundin, als es dieser noch besser ging, sei sie oft nach **Salthil**l ans Meer gefahren. Als sie erfährt, dass ich Deutsche bin, erzählt sie, dass ihre Schwester in Portsmarnock einen deutschen Freund habe, der aber verheiratet sei. Ein junges Pärchen, dass ebenfalls nach P. möchte, war zur Bahn gegangen, weil der Bus nicht kam, nun sind sie wieder zurück, weil ihnen die Bahn vor der Nase wegfuhr, der Mann meint, wir könnten auch den Bus 42 nach Malhahide nehmen, der führe anschließend nach P., also gut, wir steigen alle ein. Es wird sehr voll, weil unterwegs viele Arbeiter zusteigen.

Als wir am Strand ankamen, bin ich gleich zum Wasser und losmarschiert, es war noch relativ leer. Bin kilometerweit gelaufen, dann zurück, die Füße immer im Wasser. Die Sonne strahlte, aber es war nicht zu heiß. Wunderbar war es. Dann musste ich, sah aber weit und breit keine Toilette. Ich zog schon mal, als keiner in meiner Nähe war, meine Unterhose aus, hatte einen Rock an, das war praktisch. Dann ging ich weiter, um bald in die Hocke zu gehen und so zu tun, als sammle ich Muscheln, hielt auch eine in der Hand, die ich im Wasser wusch, währenddessen erleichterte ich meine Blase. Ohne Unterhose ging es weiter, bestieg den Bus, erst in Dublin ging ich in ein Warenhaus auf Toilette. Danach ging ich zu chapters, dem Buchladen in der Abbeystreet, auch der hatte heute am Sonntag geöffnet. Ich fand zwei Bücher mit Kurzgeschichten, eins mit nur weiblichen Autoren, das andere enthielt Geschichten von 1995 bis 2000, es hieß „**Sunday Miscellend**". Als ich später Robert davon erzählte, sagte er, dass das eine interessante Sendung im Radio sei, in der die Menschen Erlebnisse berichten, meist positive, dass auch von dem deutschen Peter Jankowski in dem Buch eine

Geschichte stehen müsste. Ich sah gleich nach, es stimmte.

Nachdem ich bei chapters die Second Hand Bücher gekauft hatte, ging ich zum dritten Mal in den Laden „celtic craft" und etnschloss mich, den Ring zu kaufen mit dem **irisch green marble** aus **Conamara**, aber er blieb nicht lange bei mir.

Robert war gestern Abend noch auf einer Gartenparty, Raychel hatte angerufen. Er ist dann mit Gitarre auf dem Rücken losgezogen, erzählte später, dass er viel hat spielen müssen. Es sei auch ein Joint herumgereicht worden, aber er habe sich da nicht exessiv daran beteiligt. Aus Rücksicht auf mich, kam er schon um Mitternacht, sonst wäre er bis zum Morgen geblieben, meinte er. Ehrlich gesagt, war mir diese Rücksichtnahme ganz recht.

Am Liffey sitzen zwei junge Polinnen neben mir, die hier leben und in Familien die Kinderbetreuung übernommen haben. Sie haben Kost und logis frei, bekommen darüber hinaus etwas Geld. Sie mögen es hier zu sein, gehen gern in die international bar, aber sie würden leider keine Iren kennen lernen und zu Freunden gewinnen. Sie hatten mich gefragt, ob ich in Irland Freunde gewonnen hätte. Nein, das hatte ich auch nicht, zwar viele Gespräche geführt, aber Freundschaften hatten sich daraus nicht entwickelt.

Wieder auf dem Flughafengelände. Zunächst gate 12, dann hörte ich von einer Änderung und ging den weiten Weg zu gate 65, aber da stellte ich fest, dass es sich wohl um eine Maschine gehandelt hat, die zehn Minuten später als meine fliegen sollte. Also wieder zurück. Es gab dann noch mehrere Gate Wechsel, der Flug wurde immer wieder verschoben.

Hatte am Gate A 12 zwei Geschichten von **Jankowski** gelesen, die mir gut gefielen: **„Swimming in the dark"** und **„The emanuel jug".**

Rief Robert an, dass ich immer noch auf dem Airport sei, dass aber sonst alles gut geklappt hätte. In der Straße gegenüber seines Hauses in der **Lower Gardener Street** hielt gerade ein Bus, der zum Airport fuhr, sonst war ich immer zur O` Connel Street gelaufen. Einer Irin, die nach Hannover telefonieren wollte, half ich, aber das Irische zu verstehen ist absolut schwer. Einem blinden Erwachsenen half ich zum Gate, er konnte aber noch auf drei Meter sehen, wie er sagte. Er wollte nach Alicante fliegen.

Im Flieger sitzt ein irischer Steuerberater in meiner Reihe, zwischen uns ein Platz frei. Er sei ein Sukker, ein Fußballfan, das Wort kannte ich nicht, wenngleich ich es schon gehört hatte. Seine Frau ist Deutsche und lecturer für irische und deutsche Literatur. Ich zeige ihm das Buch mit den Kurzgeschichten der Radiosendung. Er kennt die Sendung und kommt auch gleich auf Jankowski zu sprechen, den er ein paar Mal getroffen hat, ich nehme an bei seinen Lesungen. Jetzt ist er auf dem Weg nach Wyck, um dort mit seiner Frau, die ihn abholen wird, Urlaub zu verbringen. Wir tauschen noch das ein und andere aus. Dann kommt das Essen, er bestellt und isst, während ich mich wieder meiner Lektüre zuwende. Wir nehmen den Gesprächsfaden nicht mehr auf, verabschieden uns nur kurz, als es soweit ist. Ich sehe ihn noch schnell davongehen, er braucht nicht noch in die Gepäckabteilung, hat alles bei sich.

Im Shuttle Bus spreche ich noch mit einem Pärchen aus Rostock, das auf den **Ayran Inseln vor Galway** war. Plaudernd steige ich mit ihnen aus und vergesse dabei meine Reisetasche mitzunehmen. Im Eingang des U-Bahnhofs spricht mich eine Frau an, ob ich meine Tasche im Bus gelassen hätte? Schnell laufe ich zurück, sie ist noch da, der Busfahrer verstaute sie gerade nach oben.

Zurück auf dem Bahnsteig merke ich, dass ich mich mit dem Bahnsteig vertan habe, also wieder runter mit der Rolltreppe und dann woanders wieder hoch usw. Bin irgendwie noch nicht ganz wieder in Hamburg angekommen, scheint mir.

Jahresende 2006
31.12.06 – 7.1.07

Je näher die Abreise rückte waren Glücksmomente fühlbar.. Aber die Angst des Verreisens (Vereisens) war ja eine alte Angst (die Flucht?), ich wusste das und dennoch erlebte ich sie wie neu, musste mich bergen vor dem Unheil, das auf mich wartete, lauerte, bis es zuschlug.

Diese inneren Erlebnisse strengten mich sehr an. Zuerst hatte ich mir ein schönes, großes Buch gekauft, aber dann spürte ich, dass ich es nie würde voll schreiben können, zu winzig war mein Aufenthalt von ein paar Tagen. Ich tauschte das Buch gegen ein kleineres, dieses war weniger schön vom Äußeren. Das Äußere, immer wieder das Äußere, das einem ein Schnippchen schlägt, das einen in seinen Bann zieht oder abstößt, obwohl es doch so wenig letztendlich mit dem Inneren, der inneren Schönheit zu tun hat. Mit Schönheit kann auch Hässliches gemeint sein, dass kommt auf den Betrachter, die Betrachterin an, auf seine Innenwelt bzw. ihre. Das Innere zu sagen statt innere Schönheit reicht schon, denn das Innere ist sowieso schön wie auch alles Äußere, nur wir teilen ja ein in Gut und Böse, hässlich und schön, etc., aber wir erleben, dass die Menschen sehr unterschiedlich sind, was die einen schlecht finden, finden die anderen gut, bzw. schön und hässlich, so ist das. Das Seiende ist ein Ganzes, nimmt solche Unterscheidungen nicht vor, das machen wir, die wir das Ganze nicht aushalten, ertragen können.

Nachdem ich mich heute in Dublins Straßen umtat, schlug ich, wieder zu Robert nach Hause zurückgekehrt, dieses Büchlein auf und schrieb, auch weil Robert, der gestern den Silvesterabend in dem **Pub Blue Note** verbrachte, lange ausblieb und noch am Mittag schlief.

Vor der Abreise trank ich noch früh einen Galao in der Lappenbergs Allee. Als ich ging, traf ich G. mit langem, grauen Haar, der seine roten Gauloise auf den Tisch warf. Fast ein ganzes Jahr waren wir uns nicht mehr über den Weg gelaufen. Ein altes Buch legte er auch auf den Tisch, es war Adorno, seine Lieblingslektüre, mit der er überlebte, wie er meinte. Ein paar Sätze von Adorno und es ginge ihm wieder besser, danach sehe er wieder klar und habe seinen Standpunkt in der Gesellschaft wieder gefunden, die nach seiner Ansicht einem Dschungel gleichkam, der einen verschlang, wenn man nicht aufpasste. Er befürchtete stets, dass man ihn übers Ohr haute, dass er ausgenutzt würde. Ich sagte ihm, dass ich im **Freien Sender Kombinat FSK** kürzlich **Adornos Vortrag von 1960 über die Verarbeitung der Vergangenheit** gehört hatte, G. kannte den Sender nicht, machte sich eine Notiz.
Ich freute mich, als ich ihn jetzt nach so langer Zeit wiedersah, war aber dennoch froh, sagen zu können,

dass ich, was der Wahrheit entsprach, keine Zeit hätte, da ich noch heute abreiste.

Tatiana ist nicht mehr hier, sie hat die „coffee society" verlassen und arbeitet irgendwo in der Stadt in einem anderen Lokal wie mir die Bedienung sagt, eine junge Frau, wenn nicht gar Mädchen. Die Abstände werden immer größer, ich meine zwischen mir und den jungen Menschen. Bestelle Tee, wollte schreiben, versuchte es am Liffey, aber ein parkender Laster mit endlos laufendem Motor in meinem Rücken, verpestete dermaßen die Luft, dass ich den Ort verlassen musste. Ein Fahrer war nicht zu sehen. Auch als ich von der Hugh Lane Galerie kam, parkte in der Straße ein Kleinlaster mit laufendem Motor, Fahrer und Beifahrer schliefen.

In der Galerie sah ich einen auf die Wand projizierten **Film,** er zeigte **Andy Warhol**, der eine schmale, schwarzhaarige Frau bittet, einen Apfel in den Mund zu nehmen, so dass die Hälfte draußen bleibt. Sie wurde vorne und von der Seite von ihm fotografiert, später betrachteten sie die Ergebnisse und unterhielten sich darüber.

Jemand lässt sich am Nebentisch nieder und knibbelt das Preisschild eines Buches ab: **„Im Schatten der Seidenstraße"**. Er zieht zwei weitere Bücher aus der Papiertüte und knibbelt wieder die Preisschilder ab, währenddessen versuche ich, die Titel zu lesen, es gelingt mir aber nicht. Ein weiteres Buch, welches er der Papiertüte entnimmt und in seinen Rucksack steckt, trägt den Titel: **„Mothers and Sons".** Sind es

Interviews? Ich komme in Versuchung ihn zu fragen, ziehe es aber dann doch vor, es nicht zu tun, doch kurze Zeit später ist es wie immer, ich kann nicht still halten und sage: *Viele Bücher!,* denn er zückt weitere hervor. Acht sind es insgesamt, er kommt aus Barcelona, fünf Tage bleibt er und will nach seiner Kaffeepause weitere Bücher bei Chapters in der Abbey Street kaufen. Dort war ich auch schon, aber die Second Hand Abteilung ist bereits geschlossen, da Chapters in die **Parnell Street** umzieht.

Als erstes bin ich zur Post gegangen, um ein Päckchen für Robert abzuholen. Es kam, wie er vermutete, von seinen norwegischen Freunden. Es war ein Quader, der aus 27 kleinen Quadern bestand. Auseinander genommen sah er wie eine Art Schlange aus, es war schwierig, ihn wieder zusammen zu fügen.

Die Hugh Lane Galerie war nicht weit von der Post entfernt und so schlüpfte ich am frühen Morgen hinein. Alles war an seinem Platz, sogar die Kunstpostkarten von **Osborne** steckten am selben Platz, ich mag seine Bilder, hatte letztes Jahr die Karte vom Fischmarkt gekauft, eine Milieustudie. Das Café mit seinen ungeheuren Kuchenpreisen, 5 Euro das Stück, mied ich. Von Andy Warhol erzählte ich ja schon. Es gab noch einen Film, den ich schon kannte, auf den ich später zu sprechen komme. Auf dem Rückweg kam ich am **Gate theatre** vorbei, wo sie **Anna Karenia** spielen. Robert hatte aber kein Interesse hinzugehen, weil man ja schon am Anfang wüsste, dass sie Selbstmord begehe, das motiviere ihn nicht, da er während des Stückes immer das Ende schon mit einbeziehen würde.

Der Liffey ist heute am 2.1.07 Sonnen beschienen und lässt es sich nicht nehmen, dahin zu fliehen, ohn Unterlass treibt der Wind das Wasser in leichten Wellen in Richtung Hafen. Hinter meinem Rücken brummen die Autos, die Busse und alles was Räder hat, aber doch ist ein Fluss unvergleichlich, unersetzlich, die Möwen kreischen wie wild. Die Polizeisirene dazwischen quietscht auf und ab.

Will bei Chapters mal fragen, ob ich das Buch **„Myself passing by"** von Peter Jankowsky bekomme. Robert hatte mir eine Kassette geschenkt, denn er hat vor Jahren eine Lesung von Jankowsky im **Hamburger Irish Rover** aufgenommen. Seine autobiografischen Aufzeichnungen hatten mir gefallen.
Bei eason bekomme ich das letzte Paket mit CD sleeves für Robert.
Er ist neuerdings Mitglied beim **Matinéeclub im Abbey theatre** geworden, im Frühjahr zeigen sie **Julius Cäsar** als Audioscription. Ein Krimiworkshop steht im Februar an, die TeilnehmerInnen sollen ein Hörspiel produzieren.

Gardia on horses in Grafton Street, die Polizei auf Pferden in der Grafton Street und auch im Park St. Stephens Green. An der O` Connel Street, Kreuzung O`Connel bridge sind jetzt schnörkellose Metallpfeiler aufgestellt und daran die Ampeln befestigt. Auch die Mülleimer sind hier schon einfache, metallene Kästen, die den runden, schwarzen **Litter mit goldener Aufschrift** verdrängen.

Bei Chapters sagten sie mir, dass *Myself passing by* von Jankowsky vergriffen sei. Auch Chapters verliert seinen gemütlichen Charakter, hat sich jetzt als Warenhaus in der Parnell Street entpuppt, sehr, schade, keine Bücherstapel mehr auf dem Fußboden, keine Unordnung mehr. In dem Warenhaus ist nun alles tausendfach geordnet, man ermüdet schnell vor den langen Regalen, alles ist einförmig und langweilig. In einem **Antiquariat in der Wicklow Street** sagt der Verkäufer*: I`m sure, definitely not!* Er ist sich sicher, dass sie *Myself passing by* nicht haben. Und auch das **Antiquariat in der Abbey Street**, Nähe O` Connel street hat es definitely nicht. Deshalb mache ich mich zum **Goetheinstitut** auf am **Merrion Square Park,** aber auch dort ist es nicht vorrätig. Ich schreibe Peter einen Brief und hinterlege ihn, denn am Tresen sagt man mir, dass er häufig vorbeikomme. Dann gehe ich in die **Nationalgalerie** auf der anderen Seite des Parks. Dort sehe ich mir die **Portraitausstellung von Louis le Brocquy** an. An und für sich mag ich seine Art nicht so, Gesichter, als wenn sie zwischen den Falten weißer Tücher hervorblicken, aber er hat sie schon sehr gut getroffen, **Becketts Augen**.

Robert war bei Freunden in England, er erzählte von der Tochter, die ihre Freundin nun geheiratet habe.

Der Bruder der Freundin habe beiden ein Haus in Südfrankreich gekauft, denn er, der arme Liverpooler, gewann 10 Millionen im Lotto.

Bringe Roberts Kleingeld zur Bank, um dafür Scheine zu erhalten, aber letztendlich nehmen sie nur die 20 cent Stücke, da ich von den anderen Geldstücken keine 50 Euro zusammen bekomme.

Im **Irisch Art Museum** ist diesmal der erste Stock geschlossen. Eine Installation kam mir später nachhaltig in Erinnerung. Der bzw. die Künstlerin hatte eine Nylonstrumpfhose im Raum in waagerechter Position angebracht, der Oberkörper bestand aus gewickeltem Stacheldraht um einen Hohlraum herum. Als ich in den Raum kam, traf mich sozusagen ein Schock in Anbetracht der **„verstümmelten Frau"**, ich ging schnell in den nächsten Raum, aber die Erinnerung bleibt. Ich weiß nun gar nicht, was die Künstlerin beabsichtigte, auch nicht, ob die Zurichtung Selbst- oder Fremdverschulden war oder beides.

Ab und zu denke ich an den **Film**, ebenfalls wandgroß, ein **Abschiedsfilm** möchte man meinen, alles im Dunkeln gehalten, in der Nacht, ein langsam einfahrender Zug, dann Hände, die einen im Dunkeln unsichtbaren Rücken an sich pressen, dieser Mensch will behalten werden oder etwas von ihm, dann lassen die Hände los, rutschen nach unten und umfassen die Person leicht, bis die Hände ganz auseinander fallen und die Aufmerksamkeit wieder zum Zug zurückkehrt, diesmal fährt er aus dem Bahnhof hinaus. Eine Person hat man nicht gesehen - und deswegen etwas gruselig -, nur die Hände der einen. Ein eindrucksvoller Schmerz. Abschied, Loslassen, alleine zurück bleiben.

Am Abend erzählt Robert, dass Jankowsky auf seine mailbox gesprochen hat. Sein Buch gäbe es noch im Internet, bei amazon. Na gut, sage ich mir, dann kaufe ich es eben dort.

Während ich am Liffey sitze, fällt mir der **Film** *„Manana al mar"* ein, den ich noch in Hamburg im 3001 sah. Es geht um eine handvoll betagter Menschen, die es sich zur Gewohnheit gemacht haben, jeden Tag am Strand von Barcelona zu verbringen. Bei Wind und jedem Wetter, wenn der Strand leer ist, wenn er voll ist, für sie ist der Strand ihr Lebensinhalt geworden, sie strukturieren auf diese Weise ihren Tag und hängen jeder auf seine Weise ihren Gedanken nach, sprechen bruchstückhaft von ihren Lebenserfahrungen und ihren Weisheiten. Dazwischen schwimmen oder joggen sie, bauen etwas oder spielen mit einem Schläger unaufhörlich den Ball an die Wand. Sie kennen sich, wissen auch umeinander Bescheid, aber sie leben getrennt, jeder hat seinen Strandabschnitt für sich, der sein Reich ist. Das Bewusstsein der Endzeit gibt einen melancholischen und auch ironischen Ton in die freudvolle Gegenwärtigkeit, die, so gut es geht, noch genossen und vollendet wird. Die ziemlich dicke Frau etwa, singt im Wasser lauthals von schönen Tagen, während sie im Meer schwimmt und planscht, auf dem Rücken liegt. Der dünne Mann mit hängender

Haut joggt in Badehose bei Wind und Wetter den Strand entlang. Jede Figur hat ihren persönlichen Humor und amüsantes Treiben

Ich würde gerne die Geräusche, die ich hier, im **St. Greens Park** auf der Bank sitzend, höre, mit nach Hause zu Robert nehmen und ihn sie hören lassen. Mein Auge allerdings erfreut sich an dem Sonnen beschienenen Grün heute am 5.1.07, aber da ich einen zweiten Handschuh stricke (zu meinem ersten und letzten Paar gehörend, denn ich stelle bei diesem, meinem ersten Versuch fest, dass ich wenig Strickbegabung habe.) und meistens auf das Strickzeug blicke, nehme ich insbesondere die Geräusche wahr, die in mein Ohr dringen. Etwa die singenden Vögel in den Büschen rundherum, die quakenden Enten auf dem kleinen Gewässer, das Husten in der Kält. Es ist ja gar nicht dermaßen kalt, in der Sonne ganz und gar nicht, aber dennoch erkältet sich der ein oder die andere trotzdem. Als ich den Kopf hebe, kreuzt mein Blick eine Rollstuhlfahrerin, die mich aus einiger Entfernung anschaut, vielleicht hat sie das Stricken beobachtet. In der anderen Blickrichtung sehe ich eine junge Frau, die ihren Kopf auf die Schulter ihres Freundes abgelegt hat. Russische, polnische, slawische Stimmen mischen sich mit dem Gelächter von Jugendlichen. Die Garda ist auch hier gegenwärtig, diesmal zu Fuß, zu dritt schreiten sie nebeneinander mit leuchtenden, hellgrünen Jacken. Eine Getränkedose öffnet sich, hohe Schuhabsätze, die regelmäßig auf dem gepflasterten Gehweg hacken, wie eine Spitzhacke, die den Boden aufhacken möchte. Ein penetranter Fastfood Geruch erregt Übelkeit und da die Essende sich auf die Nebenbank niedergelassen hat, packe ich mein Strickzeug ein und gehe.

Des öfteren denke ich auch an die junge Rumänin in hellblauer Steppjacke und dem schwarzen, glatten, schulterlangen Haar, schmalen, geschminkten Lippen, zartes Pink, und ihre beiden Jungs. Ich hatte sie nach einer Bushaltestelle gefragt, es stellte sich heraus, dass wir denselben Weg hatten. Seit acht Jahren sei sie mit ihrem Mann hier. Dann sind ihre Kinder also hier geboren. Ich sagte, dass Rumänien ja jetzt ein EU Land würde, sie antwortete strahlend: *Wir sind schon!*

Robert hat mit Jankowsky telefoniert ohne meines Wissens, ihm gesagt, dass er im Internet gesehen hat, dass das Buch zu haben sei, aber für 18 Dollar. Nun schickt er es mir und möchte es nicht bezahlt haben, da er sich sehr darüber gefreut habe, dass sich nach so vielen Jahren noch jemand dafür interessiere. Die CD, die ihm Robert als Gegengeschenk anbot, wollte er nicht, denn er habe schon so viele Aufnahmen von sich.

Wasser läuft in die Badewanne ein, ich freue mich auf ein Bad, denn bei mir zu Hause habe ich keine Badewanne. Da das Wasser nur tröpfelt, dauert es anderthalb Stunden bis die Wanne genug Wasser hat, aber dann ist die Freude auf meiner Seite.

Mit Robert zum Markt in Temple Bar, wo er gerne Brigittenkäse kaufen möchte, den gibt es aber heute nicht, er probiert einen anderen, der ihm auch schmeckt und den er kauft. Robert lässt sich von mir erklären, wie er den Käsestand alleine finden kann, denn er möchte den Markt später alleine besuchen. Da der Markt klein ist, kann ich ihm auch den Brotstand verbal „aufzeichnen", dort kaufen wir ein 100%iges Roggenbrot. Dann kommt der Gemüsestand, wir brauchen Zwiebeln. Robert möchte Tofu mit Gemüse in Knoblauch Ingwersoße kochen. Am Sushistand lässt er sich verschiedene Sushis einpacken.

Auf dem Rückweg gehen wir den Liffey entlang, er „zeigt" mir die Sprachenschule am **Edenkay**, in der er im Februar mit Spanisch anfangen möchte, denn er hat vor, seine argentinischen Arbeitskollegen in ihrer Heimat zu besuchen, wenn diese Hochzeit feiern.

Eine ältere, irische Lady nimmt neben mir auf der Bank am Liffey Platz. Ich bin ja bei meinem jetzigen Aufenthalt nicht so wirklich gesprächig, suche nicht so den Austausch wie bisher und Rot kann ich auch nicht gut ertragen, die Lady trägt einen roten Blazer, der ihr steht, es ist auch kein agressives Rot und ich frage sie, ob sie aus Dublin sei. Ja, das ist sie, ihr Mann sei vor zwei Jahren gestorben, das war zunächst schwer, da es ihr persönlich auch nicht so gut ging, aber nun ist er im Himmel und alles ist gut, das Leben geht weiter. Zu Hause lese sie viel die Bibel und höre

Gospelgesang. Durch das Fenster sehe sie auf Bäume. Jeder Baum sei ein Verweis auf Gott. Sie war einmal im Norden in **Donugal** und sei von der wunderschönen Landschaft aufs äußerste berührt worden. In der Natur offenbare sich **Gott**, den sie liebe. Ihre Familie umfasse achtzig Mitglieder, sie selbst habe fünf Kinder geboren, zwei Söhne seien bereits gestorben, mit 42 und 29 Jahren, aber das Leben gehe weiter. Auch von ihren Geschwistern sind schon welche gestorben. Sie habe fünfundzwanzig Enkelkinder. Alle leben in Irland und es gehe ihnen gut. Seit 1997/98 würde das Land blühen, die Lady gebraucht oft das Wort *flourish*ing (blühend) in ihren Sätzen. Ich spreche sie noch auf ihre hübschen Moonstone Ohrringe an. Ja, die habe ihre Tochter ihr aus Frankreich mitgebracht. Sie stellte sich mit Philipina vor, wenn ich mich recht erinnere, und mir flutschte französisch Brigitte raus, so begann sie mehrere Sätze mit meinem Vornamen. Sie bedauerte, dass ich morgen abreisen würde.

Ich sortiere Roberts ausländische Münzen, er ist erstaunt, dass auf der Quarter Dollar Münze die blinde **Helen Keller** abgebildet ist, sie sitzt und liest in einem Braille Buch, er erzählt mir noch mal ihre Geschichte, warum sie so berühmt wurde.
.
Am Abend, der letzte, schenkt Robert zu dem wohlschmeckendem Essen, das er bereitet hat, seinen Lieblingswein ein und erzählt seinen Traum, den er in der Nacht zuvor hatte.

Der Rückflug ist sehr anstrengend, da hinter mir ein kleines Mädchen non Stopp mit wahnsinnig schriller und fordernder Stimme plappert, während die Eltern nicht gewahr werden, dass sie nicht in ihrem Wohnzimmer sind und die Fluggäste, da es ja keine Ausweichmöglichkeiten gibt, gezwungen sind, anderthalb Stunden dem schrillen Tönen zuzuhören. Jeder Satz beginnt mit *Mama* und hört mit *nicht wahr, Mama*, auf. Das etwa dreijährige Mädchen hat etwas sehr Altkluges, gebraucht Wörter wie Verantwortung. Jedenfalls bin ich froh, als der Flug vorbei ist. Die Psychologin in meiner Sitzreihe ebenfalls,

sie meint, das Mädchen habe wohl ein Aufmerksamkeitsdefizitproblem. Was für ein Wort, das ist ja ein Zungenbrecher.

Ein paar Tage später nehme ich ein Buch aus meinem Briefkasten, das auf der Reise offensichtlich gelitten hat: „Myself, passing by".

Sommer 2007
9.7. - 16.7.

Komme nicht umhin, doch wieder ein französisches Buch einzustecken. Avant comme d`habitude une dépression. Die Abreise macht mir wie immer Beschwerden. Gehe mit meinem Gepäck eine U Bahnstation weiter, als ich müsste, um die tumultuöse, stark frequentierte Station davor zu meiden. Das dachte sich wohl auch die Nachbarin, denn plötzlich steht sie einen Meter entfernt und grüßt mich. Sie trägt ihren hellblauen Blazer, wahrscheinlich fährt sie in die Innenstadt, um sich zu divertieren, um sich zu zerstreuen.

In der U-Bahn, Nähe Kellinghusenstraße sehe ich mehrere Kinder in einem Garten, in den ich durch die Fensterscheibe hinunterschaue, sie springen auf großen Steinen von einem zum anderen wie auf dem Wasser von einer Eisscholle zur anderen.

Bin viel zu früh am Flughafen. Nicht wenige Menschen tragen Blumen mit sich, um ihre Gäste oder RückkehrerInnen zu empfangen. Eine in braunes, poröses Papier eingewickelte Blume verströmt ihren Duft, während der Mann an mir vorbeigeht.

The water is crying. Frühmorgens am Liffey, der seinen immergleichen Flusslauf hat, dahinfließt in ruhiger Beständigkeit, bewegungsvoll in Ruhe, in ruhige Bahnen gelenkt, von seinen Ufermauern umgeben. Er ist eine Versicherung im Alltag der Gehetzten wie auch der sonderbar Lächelnden.

Es sind mehr Leute als sonst um diese Uhrzeit auf dem Laufsteg, dem hölzernen Ufergang am Liffey. Nach wie vor rauschen im Rücken die Laster und alle anderen stinkenden und lärmenden Vehikel. Leider ist das in Hamburg auch so.

Manche Arbeitskollegen bürden Robert Dienste auf, die sie selbst erledigen müssten. Seine Chefin hat ihm geraten, in solchen Fällen die Arbeit zurückzuweisen. Er wehrt sich seiner Haut.

Gestern den netten Peter Jankowsky im **Irish Film Center in Tempel Bar** getroffen. Er kam mit Schirm, Scharm und Melone schnellen Schrittes auf mich zu. Wir hatten uns noch nie getroffen, aber es gab nur wenige Personen im Raum, ich hatte überdies **sein Buch** *Myself passing by* auf dem Tisch vor mir liegen. Als er eine Lesung in Hamburg hatte, nahm Robert diese auf. Viel später einmal hörte ich hinein und erst letztes Jahr, bevor ich nach Irland flog, hörte ich die Kassette ganz. Ich war erstaunt und berührt, so dass ich in Dublin Ausschau nach dem Buch hielt. Ich sitze wieder gegenüber dem Rettungsring auf der anderen Seite des Liffey.
Oh, die Sonne lugt hervor.

Jankowsky liest gerade wieder **Bölls** *Irisches Tagebuch*, das er sich im Goetheinstitut ausgeliehen hat, dort war er vor unserem Treffen.
Ein neuer Tag in Regen versunken. Robert sagt, es regne schon seit vier Wochen jeden Tag.

Sein Arbeitsstress ist wirklich extrem, alles läuft bei ihm auf, und man sucht in ihm einen Schuldigen. So beantwortete er eine solche mail von einer spanischen Kollegin, die, wie er sagt, an und für sich ganz nett sei, aber sich bezüglich der Arbeit wie ein Terrier verbeiße. Er habe ihr per mail geantwortet:: „Wenn sie unbedingt einen Schuldigen suche, solle sie ihn nehmen. Er wisse sich zu verteidigen!"

Fasziniert beobachte ich, wie er in der Suchmaschine die Bedeutung eines Wortes aus dem Hörbuch *Kinder des Gral* sucht: auto da fet, auto da fe, auto de fait, dann kommt er auf die Idee, das Wort zusammenzuschreiben *autodafe* und dazu findet er dann, was er suchte. Es interessiert ihn nun die Herkunft des Wortes und fand so heraus, dass es portugiesischen Ursprungs ist.

Ich erzählte ihm, dass **Peter Jankowsky** mir ein zweites Buch geschenkt hatte, in dem er schwarz-weiß Fotos von der Insel Clare Island veröffentlicht, die mir sehr gefallen, zum Beispiel *Heuhaufen, Zaunpfähle, Erdhügel, Autodach, Alte Furchen, Spaten-Stich, Zerbrochenes Tor, Heiles Tor, Konkrete Tür, Fernes Haus,*...Das Buch ist **zusammen mit Brian Lynch** gemacht, der **Gedichte zu den Fotos** schrieb, die Jankowsky ins Deutsche übersetzte. Es gibt also die deutschen und englischen Gedichte und dazwischen die Fotos. Robert wiederum erzählt von der Nachbarinsel, auf der er sich alleine einmietete und mit seinem Navigationsgerät die Insel erkundete, so dass ein anderer Blinder sich mit den gespeicherten

Angaben zurechtfinden könnte. Auf **Clare Island,** so hatten ihm die Einheimischen erzählt, wohne ein blinder Engländer seit den Siebzigern und hüte seine 30 Ziegen, man nenne ihn den Ziegenhirten.

Es regnet unentwegt. War in der **Tempel Bar Galerie**, die **Drucke** zeigt. Mir gefielen die **Aquatinta-Arbeiten**, die mehr oder weniger nur Flecken zeigen und relativ farblos sind, gut. (450 Euro, die kleinen 135 Euro). Ein kleines, rotes Bild zeigt weiße, gerade Linien, die im rechten Winkel zu einer zum Halbkreis gebogenen Waagerechten laufen. Es könnte eine Forke sein, ein Gartengerät, mit dem man das Laub zusammenharkt, mit gespreizten, gekrümmten Finger zusammensammelt, -rafft. Diese Arbeit erinnert mich auch an meine Leinwand, auf die ich schwarzes und weißes Öl mit dem Spachtel auf trug. Aber es war das Ergebnis eines Prozesses, ich wusste also nicht, was dabei heraus kommen würde. Ich hatte die ganze Fläche mit schwarz bedeckt und ging daran, das Schwarze mit weiß zurückzudrängen, ihm den Platz streitig zu machen, so entstand das Bild, das mich an eine Forke erinnerte, ohne Stiel. Meine Eltern haben viel in der Erde bzw. auf der Erde gearbeitet, so dass ich all diese Geräte wie Harke, Spaten, Stichel, Schaufel etc. sah, natürlich auch, wie sie eingesetzt wurden. Mit der Spitzhacke wurde der Boden aufgelockert, mit der Harke wurde nur die lockere Erde auf der Oberfläche bearbeitet, mit dem Spaten wurde Erde ausgegraben oder umgegraben, mit der Schaufel ließ sich die aufgegrabene Erde wegschaufeln, wegtragen. Die schwarze Harke auf weißem Grund erinnert mich auch an einen holländischen Maler, den ich in Berlin ausgestellt sah, der in eisigen, frostigen, schneeigen Farben seine bewegenden Erfahrungen malte. Soweit ich mich erinnere, wohnte er als Kind neben einem Gefangenenlager und malte auf einigen Bildern nur Objekte seiner Kindheit. Er hatte auch Köpfe modelliert, die wie ein Klumpen Erde aussahen. Um noch mal auf den Druck mit weißer „Harke" auf rotem Grund zu kommen, auch liebe ich manchmal scharfe Linien, aber eben genauso undefinierbare, auslaufende, blasse Flecken.

Robert hat gestern Abend noch an der Musik für seinen Song gearbeitet. Danach holte er seinen Wasserkocher vom Boden, denn heute Abend kommt Besuch. Einen Energiestein gekauft, der könnte gefallen: *Jasper (siennarot) brings balance to emotional and physical energie and Smoked Cristal symbolise the return from the astras.* Robert möchte Gambo kochen, also werde ich gleich mal Schrimps kaufen und einen großen Topf, den er sich wünscht.

Peter, der schon viele Performances bewerkstelligt hat, möchte sich gerne daran wagen, Sokrates auf die Bühne zu bringen. Er meint, die Jugend habe keine Vorbilder mehr, so sage man. In Sokrates hätten sie jemanden, der bereit war, für seine Überzeugung zu sterben. Es sei aber wohl schwierig, die Menschen in heutigen Zeiten für Sokrates zu interessieren. Ich spreche ihm viel Mut zu, weil ich ihn mir gut als Sokrates vorstellen kann, dessen Botschaft herüber zu bringen.

Als ich später in **Glasneven** in den **Botanischen Gärten** spazieren ging, stand doch da plötzlich **Sokrates** vor mir, eine weiße Skulptur in Lebensgröße. Ob Peter sie kennt? Ganz bestimmt!

Die viktorianische Architektur der gläsernen **Gewächshäuser von Glasneven** ist imposant und ungewöhnlich fürs Auge. Auch die Gebäude, die nicht mehr intakt sind, dahin vegetieren ohne Pflege und Instandsetzung haben noch ihren spezifischen Charme, denn es blüht in ihnen trotz des Niedergangs noch gewaltig an Farben, viele pinkfarbene Blüten in dem zerfallenen Inneren. Das Perfekte, glanzvoll polierte, ist manchmal abschreckend. Verrückterweise fielen mir an Peter große, braune Altersflecken an den Seiten seines Gesichts auf, seitlich seiner Wangen.

Mir gefiel es nicht, dass Uwe Timm. in einem seiner Romane stolz darauf ist, noch keine Altersflecken zu haben. Übrigens hat ein Bekannter wie auch Uwe Timm. einen Bruder, der freiwillig der SS beigetreten ist und sein Vater und Großvater haben sich ebenfalls dort eingefunden.

Jankowsky sagt, auch wenn er nicht wüsste, was sein Vater getan habe, so könne er in keinem Fall stolz auf ihn sein, weil er ja in jedem Fall für falsche Ziele, zerstörerische, an der Front kämpfte, vielleicht gezwungenermaßen einberufen.

Robert kommt von der Arbeit, beginnt gleich zu kochen. Er bittet mich, die Küche zu verlassen.

Er gehört bei SAP zu den dispachern, die den Service für die Kunden vorbereiten. Er hat so viel zu tun, dass er jetzt eine freundliche, kommunikative Assistentin, die in Galway sitzt, bekommen hat. Aber auch das ist als Arbeitsentlastung nicht hinreichend.

Wo sah ich denn das **Bild mit dem androgynen Jesus am Kreuz**, eine entblößte, weibliche Brust suchte die Aufmerksamkeit des Betrachters und sprach durch die dunkelrote Brustwarze hindurch. Im Deutschen ist es geläufig zu sagen, dass einen etwas „anspricht", ein Bild, eine Person, eine Tasche, ein Spielzeug usw.. Das Bild hing in der **National Galerie in der Nähe des Trinity College**. Dort gab es nämlich eine Ausstellung von **Irish Northern Artists**. Das kleine Bild mit dem androgynen Jesus und seiner freiliegenden, weiblichen Brust sollte sinnbildlich für die allgemeine **Humanity** stehen, die ans Kreuz geschlagen wurde. Die Brust als Humanity, weil sie nährend ist, Milch gibt und vielleicht auch Warm- und Barmherzigkeit.

Später sah ich eine Ausstellung in der **Kevin Kavanagh Gallery, Dublin 1**, die sich auch mit der Brust beschäftigte. Die Malerin war **Bongi MacDermott**, sie malt **Bilder mit Brüsten aus denen Milch läuft**, überhaupt spielt sie mit den Fantasien, die sich um die „gute Brust" ranken in einer dem Leben zugewandten Perspektive. Die Brust als Lebensspenderin, als Sinnbild für Humanity, das kann man in Anbetracht ihrer Bilder auch sagen. Zuerst wirkten die pastellfarbenen Bilder befremdlich auf mich, aber jetzt unverzichtbar, freundlich und bedeutungsvoll.

In der Ausstellung Irish Northern hing auch ein Bild von **Louis le Brocquy: Girl in white von 1941**. Bisher kannte ich nur seine abstrakten Bilder, die aber auch mit viel Weiß operieren, auf mich wie schon in einer anderen Welt, der Astralwelt, wirkten. Auf diesem Bild ist eine junge, sitzende Frau von der Seite zu sehen. Am Hals trägt sie auf dem Kleid eine dunkle Schleife, ihr Haar ist braun, ihre Lippen sind geschminkt. Es ist alles sehr adrett auf dem Bild. Die Frau wirkt in ihrer Stille wie eine Form so wie das Gefäß daselbst. Habe mir hier von dieser Bescheidenheit eine Karte mit genommen und nicht von den satten Farben, dem goldgelben Getreidefeld im Stile van Goghs gemalt. Bemerke zur Zeit eine Abwehr gegen Farben und neige der Blässe zu, aber greife auch in den Farbtopf hinsichtlich der eigenen Malerei, wenn mich die Blässe aufsaugt, niederringt, hinfällig macht.

The sun spells its alphabet.

Niemand stellt den Alarm ab. Mein morgendlicher Gang an den Liffey - das ist wunderbar, immer dasselbe Ritual. Zuerst „muss" ich an den Liffey mit meinem Coffee to go, mir meine Basis für den Tag schaffen. Ist das eine tragfähige Basis? Die Basis für den Tag besteht bei T. in einer halb stündigen Meditation!

Nun warte ich in **Glendalough** auf die Abreise, viele Busse mit italienischen Schulklassen. Meist höre ich Italienisch, dann auch Spanisch und Polnisch. Das Geschrei ist sehr anstrengend. Die Natur erholsam. Das geht nicht so richtig zusammen, aber trotzdem ist es gut, hier zu sein, denn die grüne, voll entfaltete Natur gibt einem doch, was die Stadt einem lange entzogen hat. Gerne würde ich auch noch Schafe um mich haben und das Meer. Aber das Meer kann natürlich nicht die unmittelbare Erde, die frische Erde unter den Füßen geben und das Blattgrün wie diese üppige grüne Natur.

Im Bus sitzt neben mir eine junge Polin. Sie heißt Martha und arbeitet in einer Bank. Im September geht sie nach Posen zurück, um dort ihr Logistik Studium im vierten Jahr aufzunehmen. Sie meint, dass man sich der Zukunft zuwenden sollte, sich darüber Gedanken machen, statt in der Vergangenheit zu wühlen, stehen zu bleiben. Sie denkt nicht, dass die Polen die Deutschen nicht mögen wie der junge Pole, den ich letztes Jahr im Bus traf. Ich denke daran, getraue es mich aber gar nicht auszusprechen, dass es laut T. in Polen wohl keine Familie gibt, die nicht einen Angehörigen durch den Krieg bzw. die Deutschen verloren hat. Martha sucht sich von den Fotos meiner Bilder die Frau mit Katze aus.Ich erzähle nicht, dass sie Irène Némirovsky darstellt und wer das ist, denn sie ist ja so jung und will sich mit ihrer beruflichen Zukunft beschäftigen. Ich wünschte, ich könnte Polnisch sprechen. Der englische Maler in

Paris war riesig erstaunt, dass mich das jüdische „Schicksal" immer noch beschäftigte, ich höre noch wie er „*Encore?!*" ruft, „*immer noch*?!"

Heute ganz früh in **Glasneven in den botanischen Gärten** gewesen, dort durch die Fensterscheiben der verrotteten Glashäuser fotografiert, in denen sich Rost und blühende Pflanzen den Raum teilen. Aber natürlich auch die intakten, restaurierten Glashäuser viktorianischen Stils mit ihren besonderen Gewächsen, Blumen und Pflanzen. Ein Gärtner wendete bei einer Pflanze jedes Blatt, um die Rückseite mit einem Mittel zu bepinseln, das die Schädlinge bekämpft. Auch die junge Céline aus Tour lernte ich hier kennen. Sie drehte mir den Rücken zu, ich fragte sie auf Englisch, ob sie wüsste, ob es hier Toiletten gäbe. Sie drehte sich um, fragte mich, ob ich Französin sei „*Vous êtes francaise*? Ich war so überrascht, dass ich zunächst nickte, aber sie dann aufklärte. Wir parlierten Französisch, sprachen anlässlich ihres Namens über den Autor Céline (*Au bout de la nuit*), der, wie sie meinte, einen besonderen Stil pflegt, aber antisemitisch war. Das bringt mich dazu, ihr von der Autorin Irène N. zu erzählen, ich zeige ihr die Kunstpostkarte, die ich ihr natürlich auch schenkte. Céline ist Landschaftsgärtnerin und hat in Frankreich noch keine Arbeit gefunden, deshalb macht sie hier derweil ein Praktikum. *Peut-être on se reverra à Hambourg ?!*
In der Nähe des Rosengartens plötzlich Sokrates. In voller Größe und Würde hat jemand eine Skulptur von

ihm geschaffen. Ich fotografiere sie für Peter. Drei Finger von Sokrates rechter Hand sind abgeschlagen oder abgefallen. Seine Füße sind rissig, darunter seinen Namen, auch auf Griechisch und seine Lebenszeit.

Ich weiß nicht, warum es mir gerade hier einfällt, aber in Glendalough gab es eine Wiese, in der ein Labyrinth eingelassen war. Nicht aus alten Zeiten, sondern sichtlich für die BesucherInnen nachempfunden. Ich gehe von außen hinein nach innen, komme auch innen an, aber habe das Gefühl, während des Gehens, dass ich nach außen gehe, genauso als ich von innen nach außen gehe, habe ich das Gefühle, ich gehe nach innen. Ein interessantes Phänomen. Vielleicht im Sinne, wenn man nach außen geht, lernt man sich kennen?

I`m at the Liffey. Sonntagmorgen. Es ist das erste Mal, dass ich die Uferpromenade so voller Unrat sehe, Bierdosen, Glas, Essensreste. Junge Nachtschwärmer sitzen auf den Bänken, liegen, lallen, schlafen den Rausch aus. Wahrscheinlich ist auch der ein oder andere Obdachlose darunter. In der Nähe vom **Jervis Center** sah ich eine junge, freundliche **Streetworkerin** mit ihnen reden. Anders sieht es auf der Südseite des Liffey aus, dort wartete ich gestern auf den Bus nach Glendalough **Dorset street**, hier befindet sich auch das Café en Seine und andere Nobelcafés mit entsprechendem Publikum, das hier seine Cocktails trinkt, eine irreale Welt, schick und im

Anzug, geleckt, glanzvoll, perfekt, geschniegelt und gestriegelt. Auf der Südseite wohnt auch das Mädchen aus Thüringen, die hier mit ihrem Freund in einer komfortablen, großen 2 Zimmer Wohnung für 1.400 Euro lebt. Mit Google als Arbeitgeber ist sie sehr zufrieden, und sie hat keinen weiten Arbeitsweg, sie kann sogar zu Fuß hin. Robert ist mehr als eine Stunde im dicken Verkehr unterwegs. Google hat auf seine Bewerbung nicht reagiert. Wenn ich gewusst hätte, dass er sich für den Arbeitgeber interessiert, hätte ich die junge Frau wohl nach ihrer Telefonnummer gefragt, aber so war das Gespräch schnell beendet, da auch ihre Mutter aus Thüringen, die neben ihr saß und Aufmerksamkeit brauchte.

Die schönen, runden, alten, irischen Papierkörbe mit den goldenen Buchstaben sind zu großen Teilen schon durch andere graue Kästen ersetzt, die aber immerhin noch einen runden Henkel haben.
Ich vermisse auch sehr die Flanagan Figuren, die „hares", die die O`Connel Street belebten, anmutig machten. Sowieso hat sich diese Straße verschlechtert. Alles ist zugepflastert, kein erdiger Mittelstreifen mit Bänken. Niemand ist mehr daran interessiert, dass die Menschen flanieren, sondern sie sollen in den angrenzenden Warenhäusern einkaufen. Ein riesiger Menschhaufen wälzt sich über den breiten, aber steinernen Bürgersteig, hinein in die Einkaufspaläste und wieder hinaus, jetzt mit großen Einkaufstüten und damit hinein in die Busse, die sie wieder nach Hause karren, vielleicht geht es vorher noch in den

Burgerking. Schöne alte Gebäude werden dafür missbraucht.

So ist es ja inzwischen in allen großen Städten, auch in **Hamburg**, da befindet sich zum Beispiel in der Mitte der Mönckebergstraße in einem schönen, alten, allein stehenden Gebäude ein Starbucks Café mit allzu häßlichem Gestühl und Fußboden im Terrain vor dem Haus bis zum Brunnen, der auch zum Haus gehört. An der Tafel am Haus steht „**Mönckebergbrunnen** errichtet von 1913-1915 von Fritz Schuhmacher und Georg Wrba in Verbindung mit einer Bücherhalle zum Andenken an den Bürgermeister Johann Georg Mönckeberg 18 39 – 1908".

Noch schlimmer ist der verschenkte Raum dahinter, dem Platz an der Lilienstraße, Gerhofstraße, mindestens ein halber quadratkilometer zubetoniert, statt einen kleinen peace park anzulegen wie in Cork, ein bisschen Grün mit Bänken, Bäumen und Büschen..

Robert ist ganz froh über die „gardias" in den Straßen, denn, wie er meint, müsse man ja aufpassen, dass einem das Handy nicht aus der Hand gerissen werde.

Auf dem Rückweg von Glendalough saß ein junger Mann aus Katalonien neben mir, der sehr stolz auf den Unterschied zwischen Spanien und Katalonien aufmerksam machte und betonte, dass sie ihre eigene Sprache sprechen, während die Iren durch die 700 jährige Unterdrückung und Herrschaft durch die Engländer keinen Zugang zu ihrer Sprache mehr hätten, nur in zwei Regionen spräche man noch Irisch.

Vielleicht schämen sich die Iren, Irisch zu sprechen, meint er. Er sei hier, um sein Englisch zu verbessern, würde jetzt hier arbeiten und ab September eine Business Schule besuchen. *„I must get up!"*, sagt er. Irisch zu lernen, beabsichtigte er nicht.

I miss **"Chapters",** the old book shop in Abbey Street, in dem man die Bücher riechen konnte, das Papier, die Bücher, die in Stapeln auf dem Boden lagen. Es war im Keller ein gemütlicher Second Hand Betrieb mit vielen Stapeln und Nischen, wo es Bücher zu entdecken gab und natürlich war auch der Tisch mit der Kasse unkonventionell, belagert mit Papier und Büchern.
Im neuen Laden, auch nicht in einer so charmanten Straße gelegen wie die Abbey Street, ist alles steril und an seinem Platz in Regale geräumt, die sich alle auf den Millimeter genau und farblich gleichen, also einfach nur langweilig. Sortiert ist hier alles, aber nicht mehr so menschlich. Der Aufsicht führende Mann am Eingang sagt, dass es vielen so ginge wie mir, sie vermissten the old shop in which the books smelled, *you could smell the book*.

In der kleinen Middle Abbey Street, die zur Ha Penny Bridge führt, kehre ich in **das Café „coffee society",** ein, in dem Tatiana arbeitete und in dem ich Alan D. traf. Während ich meinen Latte Macciato trinke und mir ein Stück von einem Croissant abbreche, das ich noch in meiner Tasche hatte, kommt schon die osteuropäische Bedienung, um mich zurecht zu weisen, dass ich das nicht dürfe.

Blicke durch die waagerechten Gitterstäbe auf den Liffey. Er erscheint mir wie eine Schwarz-Weiß-Malerei auf Papier, dann kann ich mir noch vorstellen, dass es, das Papier, auf den Fluss gelegt, Wellen schlägt, regelmäßig Wellen schlägt.

Vor meiner Abreise nach Dublin sah ich ein Bild vor meinem inneren Auge. Ich öffnete eine Wohnungstür, ich meine, es war die Hintertür, ich sah in einen tiefen, dunklen, ja schwarzen Abgrund, nur ein Seil zwischen den Türrahmen blockierte den Absturz.
Neben diesem Abgrund, aber doch etwas entfernt, sah ich ein Stück intakter Natur, freundlich, hell, grün, nur war mir der Zugang nicht klar. Es mangelte mir an der Vorstellung, dorthin kommen zu können.
Ich hatte kein Bewusstsein von der Eingangstür oder auch Fenstern, sie waren einfach nicht da, als wenn es sie gar nicht gäbe.

Was Roberts Eingangstür betraf, hatte ich das ständige Bedürfnis, sie gut abzusichern, worüber Robert den Kopf schüttelte und ostentativ nicht abschloss oder verriegelte, während ich unterwegs war. Ich brauchte also nur, wenn ich zurück kam, die Türklinke herunterdrücken und war drinnen.

Wollte zu dem **Lighthouse auf dem Pier**, der in Dublin weit ins Meer hinausragt, von dem Peter als sehenswert sprach. In der Businformationsstelle sagte mir der junge Mann, ich müsste mit dem Bus 53 zum **Point Depot** fahren. Also dorthin, vor Ort befand ich mich zwischen Containern, geschlossenen Toren, Autoverkehr und kein Wasser in Sicht. Der Busfahrer unterstützte noch mein Gefühl, dass ich hier falsch sei. Er zuckte hilflos mit den Achseln, als ich ihm auf der Dublin Karte mein Wunschziel zeigte. Also fuhr ich wieder mit ihm zurück in die Stadt und machte mich zu Fuß auf den Weg, immer entlang des Liffey, vorbei am Famine Denkmal und einer Konzerthalle. Plötzlich kommt mir Martha, die junge Polin aus dem Bus entgegen. Sie kam aus Glendalough, hatte dort bei ihren Freunden übernachtet. Jetzt wollte sie noch einkaufen und ihre Wäsche waschen. Sie meinte, ich müsste einfach nur weitergehen. Am Ende aber war ich wieder am Point Depot, doch konnte ich jetzt aus einem anderen Blickwinkel das Wasser sehen und entschied mich auf der anderen Seite des Flusses weiter zu gehen, denn auf dieser Seite ging es ja nicht weiter. Auf der anderen Seite dagegen schien mir der Weg endlos quälend, rechts neben mir dichter und schneller Autoverkehr, links zwar das Wasser, aber der Lärm von den Autos und Industrieanlagen ließen überhaupt keinen Genuss zu. Ich wünschte nur das Ende herbei. Dann konnte ich endlich jemanden fragen, er meinte, wenn ich dorthin wolle, müsste ich sehr fit sein und *turn left, pass the caravans, turn left, turn right* undsofort. Also wieder weiter. Es wurde immer desolater. Sandte Robert eine message, dass ich an einem ortlosen Ort sei. Mir war recht unheimlich. Dann linkerhand vernachlässigte Wohnwagen, das sind wohl die caravans, sagte ich mir. Die Türen standen auf, sie waren eingerichtet, aber eine Menschenseele war nicht zu sehen, doch, dort auf der anderen Straßenseite sitzt ein älteres Ehepaar in einer steinernen Mauernische auf wackeligem Gestühl, so sieht es jedenfalls aus und provisorisch. Bei ihnen ist ein kleiner Junge, der mit dem Ball spielt. *„To the sea?"* Ja, sie verstehen, was ich möchte und zeigen immer geradeaus. Also immer noch weiter. Einerseits bin ich beruhigt, dass die Richtung stimmt, andererseits bin ich von der Szenerie beunruhigt. Das wäre doch ein Drehort für einen Film, Zivilisationen haben ihre randständigen, unzivilisiert wirkenden Terrains. Ich habe mal einen italienischen Film gesehen, in dem eine Lady durch solch ein Indutriegebiet „stolpert" auf ihren hohen Pöms. Es gab auch mehrere smarte Männer in Anzügen.

Auf der Wohnwagenseite strömt unaufhörlich Wasser aus einem aufgedrehten Wasserhahn aus einer niedrigen Mauer herausragend. Soll ich rübergehen und den Wasserhahn zudrehen? Wasser ist kostbar! Ich gehe jedoch weiter, denn ich denke, dass ich wohl kein Recht dazu habe, weil ihn jemand vielleicht gerade aufgedreht hat und das so sein soll. Wahrscheinlich habe ich nur Angst vor einer Begegnung, einer unliebsamen Auseinandersetzung in dieser Einöde. Ich gehe weiter. Neben einem Wohnwagen steht ein neu aussehendes, blaues Auto, ein Transporter, die Fenster sind runtergekurbelt, ich sehe den Arm eines Mannes im Vorbeigehen auf die heruntergekurbelte Scheibe abgelegt. Ich schreibe auf: „Sein Arm blickt hinaus". Ich schaue aber nicht direkt zum Auto hinüber, denn die Situation in dieser Betonwildnis ist mir unheimlich. Nachdem ich eine Zeit weiter gegangen bin, überholt mich dieser Wagen in diesem toten Gebiet, mir kommen viele, schlimme Vorstellungen in den Sinn und angstvolle Gefühle ins Herz. Wenn die mich jetzt ausrauben, hier ist doch niemand, weit und breit Industrieanlagen hinter Mauern, die Geräusche würden alles übertönen. Der Wagen fährt vielleicht 30 Meter an mir vorbei und wendet dann. Das ist klar, sie wollen sehen, wer da so alleine geht. Halte den Mantel und meine Tasche so, dass man meine Figur nicht sieht. Aber vielleicht ist das unwichtig, und es geht nur ums Geld. Raubmord. Ich sehe mich schon tot. Ich schaue weg, der Wagen fährt an mir vorbei. Ich hoffe, er kommt nicht noch einmal hinter mir her, wenn die von ihrem Wagen aus beobachten, dass ich immer weiter wandere und bald in einer grünen, feuchten Wiese versinke, hinter der ich das Meer wähne. Meine Turnschuhe werden nass, aber in der Ferne sehe ich zwei Menschen, die von einer Anhöhe kommen und vorbeiziehen. Da muss also ein Weg sein und wahrscheinlich der richtige, denn jetzt sehe ich sogar Fahrradfahrer in der Ferne. Ich beeile mich durch die weiche, feuchte Wiese zu kommen, bevor ich noch tiefer einsinke. Die Anhöhe, die ich endlich erreiche, ist wie ein Anker, den ich schnell ergreife, erleichtert sehe ich den Weg und das Meer und sogar Strand! Glücklich spaziere ich die sandige Bucht entlang und frage noch zwei entgegenkommende, junge Männer nach dem lighthouse. Bis dort sind es noch 2 km, aber sie versprechen, dass der Weg dorthin naturhaft schön sein soll.

Es stellt sich heraus, dass der eine bei SAP in San Franzisko vier Jahre lang gearbeitet hat und auch in Heidelberg. Der andere mochte es wohl nicht leiden, dass ich gerne noch das Gespräch darüber vertieft hätte, sagte, dass mein Sohn hier bei SAP arbeite. Schade, meinte Robert später, er hätte gerne noch gewusst, in welcher Funktion er in San Franzisko für SAP tätig gewesen sei, er meint, als Berater wahrscheinlich.

Der andere erzählte, dass er einen Teil vom **Jakobsweg in Nordspanien** begangen habe. Die Deutschen, die er dort getroffen habe, seien sehr aufgeschlossen gewesen, hingegen wollten die Franzosen lieber für sich bleiben. Robert erzählte übrigens, dass die Franzosen, als er im **Dialog im Dunkeln in Hamburg** noch Führungen machte, die französichen Schüler und SchülerInnen am lautesten waren, sie seien dermaßen anstrengend gewesen, dass er und seine Kollegen froh waren, wenn nach ihnen die höflichen Schweizer kamen.

Ich bin immer noch auf dem Weg zum lighthouse, war glücklich in der kleinen Bucht, wahrscheinlich auch wegen der vorangegangenen Unsicherheit in der unheimlichen Gegend, auch weil hier die Sonne herauskam, und weil ich mich wieder sicher fühlte.

Nur wenige Leute hielten sich hier am Strand auf, also kein Massentourismus. Ich rief spontan Peter an, der mir ja den Tipp gegeben hatte, da er nicht da war, aber sein Anrufbeantworter, sprach ich ihm in Englisch auf sein Band, um mich zu verabschieden und ihm zu sagen, wo ich im Augenblick war. Erst viel später fiel mir ein, dass er doch Deutscher war, wir ja auch Deutsch gesprochen hatten.

Auch einige Privatautos fuhren bis zum Beginn des Piers, blieben dann dort geparkt. Mir fiel ein altes Ehepaar auf, die nicht ausstiegen, sondern nur auf das Meer hinausblickten bzw. der Mann, die Frau las. Das war offensichtlich ihr Sonntagsvergnügen. Vielleicht konnten sie auch nicht mehr so gut laufen, denn als ich zurückkam, traf mich derselbe Anblick, als wenn die Szene, die ich verlassen hatte, stehen geblieben war. Unverändert blickte der Mann hinter seinem Steuerrad sitzend durch die Windschutzscheibe seines Autos aufs Meer, während die Frau ihren Kopf mit blonden Haaren auf die Zeitung gesenkt hielt.

Weiter auf dem Rückweg fielen mir noch vier nebeneinander stehende Autos auf, die alle aufs Meer gerichtet waren. In jedem ein älteres Ehepaar, das sich entweder unterhielt, im Gespräch war, dabei aß oder Musik hörte oder nur aufs Meer schaute. Keiner trat vor die Tür, ich meine, stieg aus seinem Auto aus. Ihre Autozelle war sozusagen ihr Privatcafé am Meer bzw. ihre Privatsuite in alten, ihren letzten Tagen bzw. Jahren.

Mich wundert, dass der steinerne Weg zum lighthouse linkerhand ohne jede Barriere ist. Für Kinder, aber auch für Erwachsene finde ich das gefährlich. Rechterhand liegen große Steine, aber auch dort kann man in den Zwischenräumen abrutschen, wenn ein Schritt mal daneben geht.

Ich erfahre, dass die Leute, die ich sah, als ich in der Sumpfwiese herumstakste, von **Sandymount** gekommen waren. Das wird mein Rückweg sein. Damit bin ich sehr zufrieden, linkerhand das Meer bis nach Sandymount und rechts Grünpflanzen. In Sandymount nehme ich den Bus Nr.2 und bin mit ihm recht schnell in Dublin.

Auf dem Weg sah ich noch oft jene Pflanze, die ich auf Roberts Balkon zu seinem Entsetzten soweit zurückschnitt wie es überhaupt ging, weil sie bereits ins Fenster hineinwuchs, man den Balkon gar nicht mehr betreten konnte, was wir ja sowieso nicht taten, denn er hat keine Begrenzung zum Nachbarn, aber zum Fensterputzen steige ich schon hinaus. Er hat natürlich recht, wenn er meint, nun würde ihre Wurzel noch stärker, und ich hätte noch mehr Not beim nächsten Mal. Sie hatte unterm Blatt auch kleine Tierchen.

Robert erzählte, dass er ein Training absolvierte, um Mentor für andere Blinde zu sein, die Unterstützung gebrauchen könnten. Ihm ist jetzt ein 40 jähriger Mann zugeteilt worden, der Schwierigkeiten im sozialen Umgang hätte, einen Nachtportiersjob, den er durch einen Tagesjob ersetzen möchte, etc.. Er hat ihn bereits vier oder fünf mal getroffen

Am Liffey traf ich eine Frau, die eine taube Tochter hat, sie ist wohl außerdem sehbehindert und geistig eingeschränkt. Die Mutter meint, dass sie dennoch glücklich sei. Sie drehe die Musik zu Hause im Bungalow so laut auf, dass alle fliehen würden, aber sie, sie würde anfangen zu tanzen, weil sie die Schwingungen in ihrem Körper spürt und von daher sich ihre Tanzlust einstelle.

Lucien Freud im Irish Art Museum. Es gab auch wieder Filme. Jemand, der einen Sack in einer zertrümmerten, verlassenen Gegend transportierte, es hatte etwas Sinnloses.

Peter treibt die Frage um, warum man sich an bestimmte Ereignisse erinnert und an andere nicht.
Er erinnert den Kontakt mit seiner dementen Mutter, die ihn auf ihrem Krankenbett noch als Sohn erkannte, aber er hatte nicht den Eindruck, dass darin noch Gefühl gelegen hat, ihre spezielle Beziehung berührend, sondern dass ihr Arm, der sich in seine Richtung bewegte, als sie sagte, *mein Sohn*, nur noch eine „*kreatürliche Geste*" gewesen sei.

Meinen Text „Die klobigen Schuhe" hat er als Befreiung von einem Alptraum empfunden.
Seine Frau sei eine sehr bekannte Malerin.

Robert nimmt mir den kleinen Prinzen auf Französisch auf und gibt ihn mir mit auf die Reise. Er selbst hört ihn auf Spanisch und auf Deutsch.

Auf dem Flughafen in Dublin sind zwei Schuhputzerinnen bei der Arbeit, drei Männer sitzen vor ihnen. Eine Schuhputzerin sitzt breitbeinig vor dem erhöht sitzenden Mann. Sie krempelt dem Mann die Hosenbeine hoch, während er wie auch die beiden anderen Männer mit dem Handy telefoniert. Jetzt sind zwei Männer dazu gekommen und schauen auf die putzenden, beiden Schuhputzerinnen hinunter, während sie warten. Einem werden die Hosenbeine wieder herunter gekrempelt, er reicht ihr 10 Euro, das heißt er gibt drei Euro Trinkgeld, wofür sie sich reichlich bedankt. Dem nächsten werden fast liebevoll die dünnen, schwarzen Schnürsenkel aus den Löchern herausgezogen (Wie etwa ein Mann einer Frau ein Korsett öffnet). So wie ich es im langsamen Vorübergehen beobachte, wird mit Hingabe poliert. Mir scheint, es ist doch ein persönlicher, würdevoller Kontakt für einige Minuten wie etwa Menschen eine Massage genießen oder einen Friseur, eine Friseurin der bzw. die sich um die Haare kümmert, während des Waschens den Kopf massiert.

Im Flieger setzt sich ein deutsches Ehepaar neben mich, das mir, insbesondere der Mann, unsympathisch war. Die Frau wollte obendrein noch, dass er sich in die Mitte, also neben mich setzt. Das tat der massige, große Mann/Körper sofort, der mich an jenen massigen Mann erinnert, dessen Frau 18 Mal einen Suizidversuch unternahm. Das war mir zu viel, ich distanzierte mich von dem Mann, der als Portier oder Rezeptionist in einer großen Hamburger Bank arbeitete. Der übergewichtige Mann neben mir legte seine Arme auf beide Armlehnen und scheute sich auch nicht, mich mit seinem Arm zu berühren. Dann sagte er auch noch: *Das ist ja hier schon wieder genauso eng wie auf dem Flug nach Namibia!* Ich fühlte mich dermaßen unwohl, dass ich die Stewardess fragte, ob ich mich auf einen der leeren Plätze hinter uns setzen dürfte. Das war kein Problem. Natürlich machte das Ehepaar Bemerkungen, obwohl sie bestimmt genauso froh waren wie ich, dass wir nun alle mehr Platz hatten. Beim Aussteigen später sprachen sie von alten Eiern, die es bei ihnen zu Hause heute Abend gäbe bzw. nicht mehr gäbe, Gelächter.

Im Bus nach Ohlsdorf unterhielt ich mich mit dem tunesischem Busfahrer auf Französisch, das war sehr nett. Er hatte mit dem Auto am Wochenende seinen Bruder in Belfort (Frankreich) besucht. Er meint, dass man in Deutschland zu viele Papiere haben müsste, in Frankreich sei es besser, wenn man dort etwas könne, dann dürfte man es auch praktizieren. Er hatte mich gefragt, ob ich lieber in Frankreich leben würde, hielt mich wohl für eine Französin.

In der U-Bahn erschrak ich mich, als ich die ganz in Schwarz gekleidete Muslima sah, sogar ihre Hände waren in schwarzen Handschuhen unsichtbar geworden. Ihr Gesicht war verschleiert bis auf den Augenbereich, das Tuch verdeckte sogar ein Auge, so dass sie nur mit einem Auge sah. Neben ihr ein dicker Mann, der zu ihr gehörte und ein kurzärmeliges Hemd trug.

Ich erinnere mich an den jungen Mann, der darauf wartete, dass eine Frau mit Kopftuch vor dem großen, **schwarzen Kubus des Künstlers Schneider** vor der **Galerie der Gegenwart in Hamburg** vorbeiging, um sie zu fotografieren. Wir saßen zufällig nebeneinander auf der Treppe und kamen ins Gespräch.

Rief von zu Hause aus Robert an, um ihm zu sagen, dass ich wohl behalten angekommen bin. Ein Lichtblick erwartet ihn im August, wenn er nach Norwegen zum Blues Festival fährt, sowie ein paar Tage am Fjord bei Freunden verbringen wird, um danach in Deutschland mit Freunden zu segeln.

Ich packte die Steine aus, die ich in der Dubliner Bucht aufsammelte, einen anthrazitfarbenen mit einem schwarzen Mittelstreifen - ich habe schon einen kleineren, hellen mit einem weißen Mittelstreifen - , dann noch zwei anthrazitfarbene mit weißen Linien und weißen, glitzernden Anteilen und einen hellen, den größten, er ist durch und durch meliert, schimmert gelblich, grünlich, gräulich, weißlich, rundum kleine, glitzernde Pünktchen.

Sommer 2008
14.7. – 26.7.

14.7.08

Aerlingus verspätet sich wie immer. Ich denke an das letzte von mir gemalte Bild. Von weitem könnte man meinen, es sei ein Aquarell. Es sind Ölflecken im Rotspektrum, Weiß bis Dunkelviolett. Ein Eindruck von Flüchtigkeit.

Im Bus zum Flughafen saß mir eine alte Dame gegenüber, deren Schönheit im Verlust der Farben bestand, die Haare wirkten noch blond, waren aber weiß, der Haut fehlte die Frische, den Lippen das Rot, der Mantel war „blond" wie die Haare und das Gesicht. Sie schien keineswegs fröhlich, eher deprimiert, traurig, ihr Ausdruck zeugte von harter Lebenserfahrung. Sie hatte ihre Rechnung gemacht, ich mochte sie wie sie war.

15.7.08

Der Tag beginnt. Natürlich ist das Erste mein Gang zum Liffey, obwohl es schlechtes Wetter geben soll. Ein grauer Himmel, Nieselregen ein bisschen, aber das Wasser ist da. Der Preis für den coffee to go ist auf 2€ gestiegen und auch der vom Croissant. Nun muss ich erstmal herausfinden, in welchem der Centra Läden, die jetzt anders heißen und nicht mehr so gemütlich sind, mein Milchkaffee günstiger ist. Am Liffey ist es durchaus schön für mich, es gefällt mir, auf der Bank zu frühstücken. Aber es ist nicht mehr so nice wie früher. Sie haben Bänke weggenommen und in den Liffey ein Touristenschiff angelegt, allerdings habe ich es nie voll beladen mit Touristen gesehen. Vielleicht war ich immer zur falschen Zeit dort. Ich meine nur, alles wird ausgebeutet. Dem Profit untergeordnet und geopfert. Dass sie Bänke fort genommen haben, enttäuscht mich sehr, sie dienten der Athmosphäre. Es sind noch Bänke da, aber es ist eine empfindliche Einschränkung. Sicherlich mögen sie wie überall keine Obdachlosen, Trinker und Dealer auf den Bänken, weil sie glauben, dass die Touristen dadurch vertrieben werden. Manche haben auf den Bänken geschlafen, aber da es den ganzen Liffey entlang ohne Zwischenraum Bänke gab bzw. eine lange, ja superlange Bank, hat es niemanden gestört. Trotzdem haben sich morgens Menschen hier nieder gelassen und Zeitung gelesen oder sich etwas erzählt. Ich habe hier einige ältere Menschen getroffen, die gewohnheitsmäßig hierher kamen, die ihre Einkäufe erledigten und dann hier eine Pause einlegten, wenn sie mit ihren Einkaufstüten nicht in einen Pub oder eine Kirche gingen.

Ein älterer Mann rastet am Liffey

Ein Abstecher in die Kirche gehörte genauso in ihr Tagesprogramm wie das Einkaufen selbst. Dass die Einkaufstüten dort rascheln stört niemanden, es ist ein beständiges Kommen und Gehen, niemand fühlt sich in seiner Andacht gestört, sondern fühlt sich bei Gott und getröstet. Das merkt man. Das ist wie ein Klogang, so ganz normal, es wird erledigt, man fühlt sich erleichtert. Früher begannen die Bänke in der Nähe der O` Connel Bridge und liefen entlang dem Liffey bis zur Ha`Penny Bridge, heute ist etwa die Hälfte weg genommen und nur Nähe Ha`Penny Bridge stehen sie noch.

In Hamburg ist es auch so, dass sie Bänke und Bäume verschwinden lassen. Sie wollen Frieden, aber schüren mit ihrem Beton Agressionen. Der ganze **Baumwall** ist voller niedriger, lang gezogener BetonTreppen, wie schön wäre hier ein Grüngürtel gewesen. Dann hätte man Lust zum Flanieren, aber so laufen sich die Leute auf dem Beton die Füße heiß, Aggressionen stauen sich an und sie überlassen das Betonlaufen den Touristen. Genauso an der **Innenalster** am Jungfernstieg gegenüber dem Alsterhaus, alles voller niedriger, lang gezogener Betontreppen. Jemand sprach von Hamburg als einem Betonkopf oder sagte er Betonklotz? Auch die **Colonaden** in der Nähe zur Alster. Wie schön wäre ein Grünstreifen. Aber nur Beton, auf dem dann das große Essen statt findet.

Gestern Abend sagte mir Robert, dass er Ende des Jahres von hier fort geht, von Dublin fort, um anderswo ein neues Projekt anzufassen`.

Die Spedition wird seine fünfzig bis 80 Kartons bei mir in Hamburg abladen. Seine Möbel hatte die Spedition schon zu mir gebracht, als er seine Hamburger Wohnung auflöste und in Dublin keine unmöblierte Wohnung zu finden war. Sein massiver Küchentisch aus Holz steht nun da, darunter sein Couchtisch, sein Bett hatte ich hochkant an die Wand gestellt, wie gesagt, das ist alles gut unter gebracht, mit den Kartons wird das auch gehen.

Zweite Überraschung, er hat mir eine Digitalkamera geschenkt, weil meine Flohmarktkameras manchmal gute Fotos machten, aber nicht garantiert, Macken setzten sich durch. Die Kamara wurde bei SAP etwas günstiger angeboten, da hat er sie für mich gekauft. Ich kam aus dem Staunen nicht heraus. Er hat mir schon früher schöne Geschenke gemacht. Zum Beispiel mit dem Buch. *„Was gibt`s Neues vom Krieg?"* Roman von Robert Bober im Kunstmann Verlag. Er hatte eine Besprechung des Buches im Radio gehört und sich gedacht, dass der Stoff etwas für mich wäre. Von dem Buch „ *Mein verwundetes Herz"* , das Leben der Lilli Jahn 1900 bis 1944 von Martin Doerry habe ich wohl mal gesprochen und bekam es von ihm geschenkt, auch die *„Complete Violin Sonatas"* von Beethoven mit Augustin Dumay und Maria Joao Pires.

In meinen Aufzeichnungen folgen französische und englische Zitate. Erwähne meine Korrespondenz mit Henry Bauchau, die über sein Buch „L`enfant bleu" *Das blaue Kind*, zustande kam. In Englisch zitiere ich Folgendes: „ *History is only important while it is being made. What matters most is what you do today and tomorrow.*" *„The Unites Irishmen laboured for nothing but civil and religious Liberty for Irischmen of all persuasions and for the independance of their country. "*

Ich bin im **Modern Irish Art Museum**. Diesmal erinnert es mich wirklich an ein Krankenhaus, das es einmal gewesen ist. Grauer Linoleumfußboden, von dem die Zimmer abgehen. Ertrage heute die Morbidität in den Ausstellungen nicht gut. Es bereitet mir eine körperliche Pein. In der Auffahrt zum Museum haben sie die alte Steinmauer entfernt. Ein Stückchen weiter riesige Neubauten hoch gezogen. Peter, den wir heute Abend treffen und der zurzeit mit Kafka beschäftigt ist, sagte, dass sich die Iren wegen des Lissabonvertrages zerfleischen und dass der *Irish Tiger* danieder sinkt.

Besser hingegen gefallen mir (was mich überdies an die Hasenskulpturen Ausstellung von BarryFlanagan auf der O`Connel Street erinnert, die ich sehr mochte.) die neuen Installationen auf der O`Connel Street von **Julian Opie „walking on O`Connel Street"**, abermals von der **Dublin City Gallery The Hugh** organisiert.

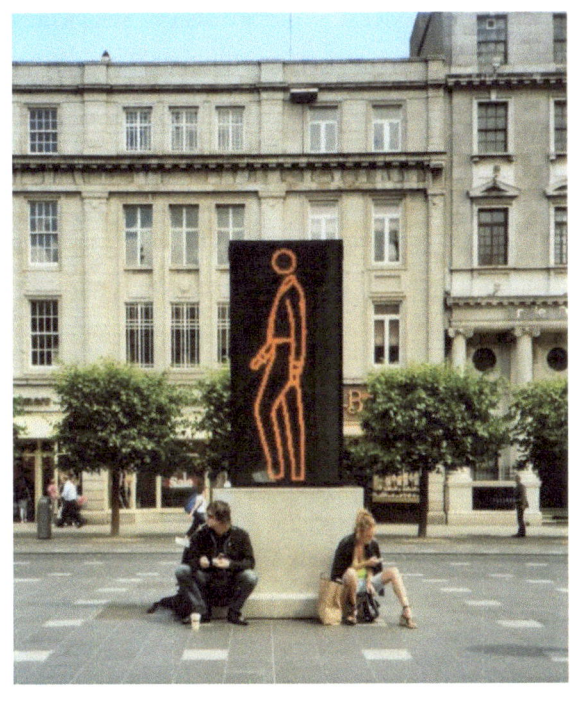

Die neuen Installationen auf der O` Connel Street

In der **Hugh Lane Gallery**, die Menschen auf den Bildern, die gemalten Menschen wirken verloren in ihrem Traum, in ihrer Welt, sind hingegeben an ihre innere Welt oder an ihr irdisches Schicksal. Eine schlummernde oder schlafende Prinzessin, hingebungsvoll liegend, umgeben von ihren ebenfalls eingeschlafenen Freundinnen, lässt mich an den Tod denken.

Schon mal haben schlafende, liegende oder schlummernde Menschen diese Assoziation in mir ausgelöst. In Charlesfort auf der grünen Wiese in aller Stille lagen sie, vereinzelte Körper, ganz ruhig, bewegungslos im hellen Sonnenlicht und der Stille des Raumes, der Welt, die auch ich betrat. Ja, ich habe sie fotografiert, diese Szenerie der anscheinend leblosen, darnieder liegenden Körper. Eigentlich sind sie wirklich nicht vom Tod zu unterscheiden. Man müsste sie anfassen, ob sie noch warm sind.

Noch einmal sah ich mir in der **Hugh Lane Gallery „Tea in the garden" von Osborne** an. Das Bild mag ich, weil es die vorübergehenden, menschlichen Stadien bis zum Tod aufweist. Die Kinder, die Mutter, die Mitte des Lebens und die alte Frau, schon nur noch als „Gespenst" zu sehen, ganz in den Hintergrund gerückt, erinnert an das Ende des menschlichen Daseins und den Übergang in den Tod. An die Flüchtigkeit des Lebens, an den Kreislauf von Geburt, Entfaltung, Niedergang und Tod. Aber hier im Bild liegt die Betonung auf der Mitte des Lebens.

Auf der Straße fotografiere ich aus großer Distanz eine Bettlerin, schon bei meinem vorherigen Dublin Aufenthalt fotografierte ich die Bettlerinnen – meistens sind es hier Bettlerinnen - , die sich in der Hocke oder sitzend an die Häuserwände drücken oder auf den Brücken hinhocken und ihre Hände in den Raum halten, in die Straße hinein, manchmal halten sie ein Baby in ihren Armen.

Roberts Post durchgegangen, die sich seit einem halben Jahr in seinem geräumigen Briefkasten gestapelt hat, tatsächlich ist die Hälfte davon wie er es sagte, Werbung. Der Briefkasten ist unzählige Male größer als meiner in Hamburg, deshalb nur passt dort so viel Papier hinein. Sein Kleingeld gezählt und eingetauscht, 55€, er sammelt es in einer kleinen Blechmilchkanne, das heißt, er bezahlt meistens mit Scheinen, weil er doch nicht so schnell sein Kleingeld im Laden parat hat und den Betrieb nicht aufhalten möchte.

Zucker gekauft und ein spezielles Shampoo. Den Zucker braucht er, weil er fürs Team Kuchen backen möchte.

16.7.08

„Time is passing by", es war ein schöner Abend mit Peter, angeregte Unterhaltung im **Irish Film Institut**, er lud uns zum Essen ein, da es ja das letzte Mal sein würde. Er und Robert gerieten in eine heftige Diskussion über das Nein der Iren zum Lissabon Vertrag, der Robert vom irischen Blindenverband, in blinder Kurzschrift zugesandt wurde. Peter geht im Herbst für drei Monate nach Neuseeland, wo sein Sohn mit seiner Frau und Kind lebt. Danach will er, der Schauspieler, in einer **one man show Kafka** mit sich selbst auf die Bühne bringen. Das Goetheinstitut hat jedoch schon abgewunken, kommt noch der

writers room in Frage oder auch sein zu Hause in **Stillorgan**, à la salon in Berlin, wo er gelebt hat.

Das Wetter ist rusig. Sitze im Mantel am Liffey - der auf Irisch „An Ruirtheach" heißt, der „Heftige" - , aber es wird sich bestimmt noch auflockern. Gehe ich doch in die Impressionisten Ausstellung für 10 €? Ich fahre erstmal ans Meer.

Neben mir auf der Bank sitzt eine Studentin mit ihren Zeitungstaschen. Sie kommt aus Brasilien und lebt seit eineinhalb Jahren hier, um Englisch zu lernen am Abbey College, a private school. Sie arbeitet 20 Stunden pro Woche, verteilt Zeitungen und teilt sich die Wohnung mit drei anderen, zwei Franzosen aus Neuseeland und einem anderen Mädchen. Jeder zahlt 300 €, also 1200 € kostet die Wohnung insgesamt.

Auf dem Weg nach **Bray**, wo ich einen Strandspaziergang machen möchte und gerne auch weiterwandern nach **Greystone**.

Komisch, dass ich mich immer noch wie ein kleines Mädchen bzw. eine Jugendliche fühle, wenn, wie jetzt ältere Leute neben mir in der Bahn sitzen. Das liegt vielleicht an ihrem Speck?

Robert hat ein interessantes Foto geschossen. Ein Teil meiner hellen, blass bläulichen Bluse mit Leinenstruktur von der Taille bis zum Hals, den Kopf sieht man nicht, stattdessen meine beiden Hände bzw.

die langen, schmalen Finger, darunter sieht man die braune Holztischplatte, teilweise, das Gesamte in schräg.

Ein gigantischer Dom in Bray am Strand, das ist nichts für mich. Aber dann etwas weiter weg, der erste Wellenschlag dringt an mein Ohr, ich bin versöhnt, meine Füße stehen im Sand. Erinnert mich an das **Lied der Frauenbewegung „Unter dem Pflaster, ja da liegt der Strand"**. Das zitierte ich kürzlich gegenüber einem jungen Arbeiter, der Betonplatten aus der Erde hob. Er sagte freudig: „Das ist eine schöne Weisheit!"

Auf dem **Klippenweg nach Greystone**. Es ist still, Brombeeren, die hier auch wachsen, verschieden farbige Blüten. Spaziergänger gibt es hier nicht, jedoch zwischen Bray und Greystone streng hin und her walkende Menschen, Urlauber. Der Berg rechts von mir ist mit vielen Gräsern, Farnen und Wiesenblumen bewachsen. Links unter mir fährt die Dartbahn. Man kann nicht sagen, dass es ein besonders schöner Weg ist, denn links zum Meer ist ja immer ein Zaun und unten die Bahn, aber es ist gut, dass wenig Leute unterwegs sind, vielleicht weil der Himmel bedeckt ist. Der **Farnenweg** ist dann doch noch etwas netter geworden, entspannter, weil in der Nähe von Greystone der hohe Teil des Berges wegfällt, man ist ein bisschen wie im Garten wegen der Wiesenblumen und der Gräser, violette Glockenblumen, blaue Kornblumen, hell violette

Disteln, gelbe Butterblumen, Margueritten, weiße Blüten, rosa Blüten, violette Blüten, dunkel violett.

Plötzlich kommen mir blinde, ältere Leute mit jungen FührerInnen entgegen, eine Führerin ist aus Gütersloh, sie lebt in Dublin, ihre Schwester lebt in Hamburg Wellingsbüttel. Aber sie haben keine Zeit zu plaudern, denn sie müssen ihr Ziel erreichen, sagen sie. Hohe Bäume links, ein aufkommender Wind bewegt die Äste und Blätter, es entsteht das Geräusch, welches man Rauschen nennt.

Bäume mit viel Efeu um den Stamm. Erinnerung an Nordholland, an den Wald der toten Bäume in der Nähe von Bergen aan Zee, wo der Anthroposoph wohnt, den ich einmal ganz dünn und mit langen Haaren kennen lernte. Später hatte er die Fettsucht, ich habe ihn kaum wieder erkannt, außerdem waren seine Haare kurz. Das habe ich immer wieder erlebt, dass sich Körper verändern bis zur Unkenntlichkeit. Seine Fettleibigkeit war wohl ein Schutz gegen eine Frau, die gewalttätig war, zudringlich. Er war mir immer sehr fest in seinen Einstellungen erschienen. Da konnte dann niemand dran rütteln.Möglicherweise ist sie deswegen über die Maßen wütend geworden?

In Greystone angekommen, sehe ich viele Baukräne, Bauzäune, Baulärm, dann eine hohe Stahlmauer, die zum Strand hin absichert. Durch den ganzen Ort marschiert, denn die Dart Station befindet sich am anderen Ende des Ortes. Ein junger Mann kommt mir entgegen und lächelt. Ich denke, dass das ja wohl nicht für mich sein kann und drehe mich um. Tatsächlich sind direkt hinter mir drei junge Mädchen, die mich wohl gerade überholen wollten. Die Welt ist also wieder in Ordnung.

Total müde. Am Liffey erhole ich mich, wenig Leute auf der Bank, keine Sonne, aber auch nicht kalt, trage den Übergangsmantel.

Robert hat das herunter gefallene Rollo wieder angebracht, um das zu tun, hat er schon gestern Abend seine Bohrmaschine aufgeladen. Er bohrt und verdübelt die Schrauben, etc., es hat geklappt.

War noch bei Maplin, um mir eine Speicherkarte für die Kamera zu kaufen, 25 € für eine 2GB Karte und das war ein Angebot. Die italienische Verkäuferin bei Maplin möchte ihr Englisch verbessern, deshalb lebt sie schon länger hier. Sie bezahlt für ihren Raum 400€, in der Wohnung leben noch zwei.

17.7.08

Zwei highlights erwarten Robert: Chuck Berry in the Akademie in der Abbey Street und ein Konzert mit Joan Baez.

Peter redete auf Robert ein, dass er unbedingt für die sonntägliche Sendung *Sunday Miscellany* seine Geschichte einreichen soll, die er erlebt und aufgeschrieben hat: *die Rettung des Ziegenbabys auf Sherkin Island.*

Am Liffey ist es heute Morgen recht turbulent. Neben mir ein Handyman, der regelmäßig in sein Handy lacht, nachdem er ein paar Sätze hinein gesprochen hat.

Befinde mich im Bewleys, wo es heute ganz nett ist. Sie haben jetzt unten auch Zweisitzer Sofas, kastenförmig mit hoher, gerader Rückenlehne und schönem Bezug in der Mitte mit Ornamenten, wie ein Schal läuft dieser Ornamentenstreifen von oben nach unten. Jemand setzte sich an meinen Tisch, auf den legte er seine Zeitung „Liberation" und ließ alsbald seinen Tee zurück gehen, weil es die falsche Sorte war. Er war Schotte, unterrichtete in seinem Schottland Französisch und lebte überdies von Übersetzungen. Er studierte Jura, hängte es aber an den Nagel. Wir sprechen über „illusions", dass sie wichtig wären fürs Leben, um initiativ zu werden und Desillusionen wichtig wären, um etwas aufzuhören und wieder mit neuen Illusionen zu neuen Ufern aufzubrechen. Wir tauschten unsere e-mail-Adressen, die wir jedoch nie benutzten. Er mochte meinen Kugelschreiber wegen seines Gewichts. Es war ein schlanker, röhrenförmiger.

Die Impressionisten Ausstellung hat mich nicht so vom Hocker gerissen. Lebensmittel eingekauft. Auf dem Balkon eine rote Leiter. Arbeiten am Balkon.

Bitte den Arbeiter, die starken Wurzeln der wilden Pflanze unter den schweren Platten zu entfernen.

18.7.08

Fahre ich nach Belfast oder nach Howth, um dort den cliffwalk zu unternehmen? Das Wetter ist schlecht, aber das hätte den Vorteil, dass weniger Leute an der Küste sind.

Gestern Abend installierte Robert einen „blog" auf seiner homepage, parallel dazu ließ er den **Film „Pat Garrett and Billy the Kid"** laufen, den ich nur vom Titel her kannte. Die Schießerei gefiel mir nicht. Ich wollte schon aus dem Zimmer gehen, aber dann gefiel mir plötzlich die Musik und Robert sagte, dass Bob Dylan sie eigens für diesen Film geschrieben hätte, dann war Bob selbst im Bild. Die Landschaftsbilder waren enorm schön, Robert meinte, das könnte Arizona sein. Er spielte später einen Dylan song auf seiner Gitarre, was mir sehr zusagte. Er zeigte mir noch Chuck Berry auf seinem Laptop im Konzert mit John Lennon.

Heute früh allerdings, warum auch immer, sang er, während er sich in der Küche Frühstück machte, ein **Hans Albers** Lied, in dessen Dialekt, er kannte wohl das ganze Lied: *„Einmal könnte das letzte Mal gewesen sein oder einmal hat alles ein Ende"*, es geht um Matrosen und deren Seemannsbraut, die See, usw..

Auf dem **Cliffwalk in Howth** sehe ich einen Felsen im Meer, der aussieht wie eine sitzende Frau im Gewand, die ihre Hand ausstreckt. Weiße Malven überall. Still, sehr still. Bin froh, dass ich mich für diesen Weg entschieden habe, bei sonnigem Wetter wäre es hier sicher sehr voll und schwer auszuhalten. Durch hohes, dichtes, feuchtes Buschwerk gestampft, viele Farne, die Erde „bewässert".

Muss meinen Weg suchen, anders als zwischen Bray und Greystone. Aber ich bin auch viel zu früh hoch gekrachselt, denn jetzt erst stehen vor mir vier Pfeiler mit dem Hinweis „dangerous earth". Erinnerung an Nordholland, die Dünen, vielleicht sind hier deshalb viele Holländer ansässig, wohl reiche Gegend an der Küste, auch in Sutton habe ich reiche Häuser aufgereiht gesehen.

Das Meer links ist wunderbar, dass es ohne Befestigungen hier geht und die große, wunderbare Stille, das ewige Meer rundherum. Heidelandschaft, Dünen und ein schmaler, steiniger Pfad, das große, stille Meer zur Linken. Kein Mensch, das tut gut. Viel grüner Farn an den Abhängen, Gräser, blaue, gelbe, violette und weiße Blüten. Es riecht nach Fisch, die Möven kreischen. Brombeerbüsche. Plötzlich sehe ich jemanden, der auf mich zukommt, aber dann sehe ich ihn plötzlich nicht mehr, das macht mir Angst, plötzlich kommt ein kleines Mädchen aus dem Abhang und verschwindet wieder. Jetzt ist die Angst da. Ich sehe ein Holzkreuz. Jemand muss hier gestorben sein. Warum bloß? Ein Pärchen kommt auf mich zu, der Weg wird klarer. Ich spreche mit ihnen, sie kommen aus Sutton, das dauert noch eineinhalb Stunden sagen sie. Jetzt vollkommen grüne Abhänge

Ein kleiner Wald erinnert mich an eine Bergwanderung mit Hervé auf den **Berg „Le pic Saint-Loup",** 20 km nördlich von Montpellier, aber dieser Weg ist doch dunkler und matschig. Bald ist der Wald vorüber. Die Zeit verfliegt. Zwei Stunden sind schon um, liegen hinter mir, was immer das heißt, sind verschwunden, sind nicht mehr da, das Gefühl entsteht, dass sie nie da waren, zur Verfügung, alles ein Traum. Die Bäume mit ihren Armen, ich meine Ästen bras dessus bras dessous drunter und drüber, erinnern mich an das Kinderhospiz in der Nähe von Rissen, aber mit den dunkelgrünen Kronen der Nadelbäume, der Fichten. Hätte die Sonne geschienen, so hätte ich diesen langen und anstrengenden Weg nicht machen können. Nun bin ich ihn ein bisschen leid. Vielleicht störte mich auch der etwa 70 jährige Mann, der so aufdringlich sagte: *„You are very fit! Any way!"* Ich gehe jetzt lieber Richtung Straße. Villen rechts und links, dazu passt es ja, dass Hunde bellen, die ihre Häuser verteidigen und tierisch eingezäunt natürlich. Die leblose und asphaltierte Straße erinnert mich an Hamburg.

Im Bus junge Frauen und ältere, alternde, die dabei sind, ihre Schönheit zu verlieren. Das schmerzt, ich zähle zu ihnen, denn dieses Jahr noch werde ich 60, da ist kein Entkommen, kein Ausweg.

Die Frau neben mir ist sehr nervös, sie zählt ihr Kleingeld, ein bisschen später bekreuzigt sie sich, danach schaut sie auf ihr Handy, dann zieht sie die Schultern hoch, sie faltet die Hände, sie öffnet wieder ihre Tasche, nimmt wieder das Handy heraus und schaut es an, steckt es wieder in die Tasche, sie kratzt sich an ihrer Hose auf der Höhe ihrer Oberschenkel, danach ändert sie die Position ihrer Füße, nimmt wieder die vorherige Fußstellung ein, sie hebt ihre Beine an, bekreuzigt sich wieder. Sie legt ihre beiden Hände an ihre Oberschenkel, ihre schwarze Tasche im Schoß, sie nimmt eine Hand ans Gesicht und streicht ihre Wangen und ihr Haar. Ihr Blazer ist rot. Der Busfahrer wollte uns wegen eines Problems bitten auszusteigen, dann doch nicht. Die Frau lachte und sagte: *„false alarm!"* Die Sonne wirft ihre Strahlen durchs Fenster, Sekunden später schon wieder Schatten. Es ist wohl gar nicht ihr Handy, sondern ihr Brillenetui.

19.7.08

Robert hat mir zum Frühstück Tee mit frischen Pfefferminzblättern gemacht, die er von seiner Kollegin bekommen hat, die Pfefferminze wächst bei ihr. Außerdem hat er mir *Ruby Tuesday* von Melanie vorgespielt, hatte ihm erzählt, dass ich es neulich im Radio gehört hätte und mich ihre Stimme begeisterte. In der Nacht wachte ich auf, ging auf Toilette. Als ich mich wieder ins Bett legte, bewegte sich das Rollo nach innen und ein Polster, welches davor stand, kippte um. Da war es natürlich vorbei mit dem Schlaf, die Angst nahm sich Platz und spitzte die Ohren, erst am Morgen schlief ich noch zwei Stunden. Während ich wach lag, dachte ich daran, dass viele Künstler inzwischen Videofilme bzw. Videobilder zeigten. Vom „standhaften", immobilen Bild an der Wand weg zu bewegten Bildern. Aber dann werden sie in manchen Videos wieder zu bewegungslosen, immobilen Bildern.

Es ist wohl egal, ob Bild oder Video. Bei den Videos ist man oft mit einer Art story verknüpft. Jedoch sah ich in der **Galerie Hafenrand in Hamburg** eine Videoinstallation, aus einem einzigen **Videobild** bestehend. Man sah ein Stück Natur, Wiese und Wald oder Busch. Zunächst dachte ich, es bewegt sich nichts, es ist ganz still. Schließlich bemerkte ich jedoch ab und zu die sachte Bewegung eines Blattes. Man war immer mit demselben Eindruck konfrontiert, innerhalb dessen sich jedoch unmerklich etwas bewegte. Einerseits fand ich es angenehm wegen der Einfachheit und Ruhe, andererseits spürte ich eine ungeheure Spannung, dass etwas in dieser Ruhe und angeblichen Passivität passieren könnte, etwas Dramatisches.

Am nächsten Morgen stellte ich fest, dass es der Kaktus auf der Fensterbank war, der umgefallen war und sowohl das Rollo, als auch das Polster bewegt hatte. Der Kaktus hatte einen Strang, auf dem mehrere Teller übereinander wuchsen, damit war er auf dieser Seite so schwer geworden, dass er kippte.

Ein Bilderprogramm heruntergeladen, mit dem ich das Foto, das Robert Gitarre spielend und singend in der **Palace Bar** zeigt, zuschneiden kann, er installiert es auf seiner website.

Nun bin ich auf dem **Sutton Beach**. Die Sonne scheint manchmal. Es gibt viel Wind, weshalb die Windsurfer zugegen sind. Gut vorstellbar, dass es hier nur so von Menschen wimmelt, wenn die Sonne permanent scheint und es warm ist. Aber der Strand gefällt mir so wie er jetzt spärlich bevölkert ist. Ich trage immer noch meinen Frühjahrsmantel. Man kann hier bis Howth gehen, aber die Flut verhindert, dass man um die Ecke biegen kann. Reiche Häuser hinter dem Strand. Am Strand sind „locals", sagte die kräftige, jung gebliebene Frau, die mich in ihrem Auto mit zur Dart Bahn nimmt. Sie meint „the road would be depressing", die Straße macht depressiv, da sich Haus an Haus reiht, auf lange Sicht keine Abwechslung kommt, die den Blick auflockert.

Robert empfahl mir, als wir vom Markt zurück kamen und ich an einem Zeitungskiosk stehen blieb, um zu sehen, welche Beilage „Le Monde" hatte, „Le Monde Diplomatique" zu lesen. Er liest sie im Internet und findet sie vorzüglich.

Man sieht auch hier viel Elend, viele Trinker und Trinkerinnen, Drogenabhängige.

20.7.08

Sonntagmorgen. Die Sonne scheint, aber es ist noch kalt. Ich befinde mich wie immer am Morgen am Liffey, wo mein Start in den Tag beginnt. Heute Nacht gut und auch durchgeschlafen. Gestern noch schnell die Fenster geputzt, das letzte Mal

Ugly Schotter im Ivanhough Park, man möchte darauf nicht gehen. Eine laute Straßenreinigungsmaschine. Am **Merrion Square Park** hängen außen an den Zäunen Bilder von Künstlern. Der Dunst von rotvioletter Farbe hält mich auf, sie strahlen mich an, da acht davon nebeneinander hängen. Ich bin wie in einer rotvioletten, feucht glänzenden Höhle, werde eingelullt, vom Stil her wirkten die Bilder wie Mont Martre Bilder, leicht und oberflächlich realistisch dahingemalt oder auch wie impressionistisch, aber eben das ganze Bild in rotviolette Suppe getaucht. Der Maler, mit dem ich Konversation betreibe,sagt, er passe sich den Wünschen der Kunden an, er verkauft in verschiedenen Dubliner Galerien sehr gut, Touristenattraktionen, die Leute nehmen das mit als Erinnerung. Der Maler lebt in Wicklow.

St. Stephens Green Park ist voller Touristen. Viele italienische und französische Schulklassen. Die Grafton Street und Temple Bar sind proppe voll. Ein

Mädchen spielt klassische Musik, ein älterer Ire singt irische Lieder, ein junger Mann tanzt mit einer Puppe Tango. Im Bewleys einen coffee latte mit two shots getrunken. Am Liffey noch ausgeruht. Neben mir ein deutscher, junger Mann aus Heidelberg, der gerade seine Diplomarbeit in Physik am Max Plank Institut abgegeben hat und nun in Dublin und Budapest ausspannt. Er beendete gerade den *Drachenläufer*, den auch Robert schon gehört hat. Der Heidelberger lebt im Globetrotter Hotel für 22 € im Etagenbett. Das Isaac hostel hätte derzeit im Internet keinen guten Ruf, es soll schmutzig sein.

21.7.08

Robert hat viel an seiner website gearbeitet, ich habe dann beschreiben können, was seine Eingaben und Veränderungen bewirkt haben.

Gestern ein Buch mit **Kurzgeschichten** gekauft. Da neben den Titeln und Autoren auch ihr Geburtsdatum stand, habe ich eine Geschichte ausgewählt, dessen Autorin wie ich **1948** geboren wurde. Ich begann zu lesen: „**Der Holocaust. Hotel Lutetia à Paris...**"

Es gibt eigentlich keine Leere, das ist nur vordergründig so, denn eigentlich ist da ganz viel, man muss es nur ergreifen oder machen oder hingehen usw.

Treffe am Liffey den Heidelberger Physiker, sprachen über den heutigen Besuch von Sarkozy. Ich sagte, dass die Fischer auf der O`Connel Bridge demonstrieren und dass er, weil er so gut Englisch spreche, sich ihre Position erklären lassen könnte. Er hatte dazu aber keine Lust, wollte sich in seinem Urlaub nicht auseinandersetzen, wie er sagte, sei aber gegen das Nein der Iren.

Im schattigen Bewleys. Davor spielt ein junger Mann Geige, singt den **Beatles song** *Yesterday*. Das Haar des Geigers ist in Rasterlocken gedreht.

Überall ist er laut, die Maschinen, die die Straßenränder säubern sind laut. Ich befinde mich in der **Dawson Street** gegenüber einem Eingang vom Trinity College, dort, wo Ausstellungen gezeigt werden. Etwas weiter in der Dawson Street gibt es ein paar Bäume, die den Straßenrand säumen. Ihretwegen lasse ich mich in einem Café nieder, das an einem Baum gelegen ist. Der offensichtlich beste Platz in dieser Straße.

In der **Hugh Lane Gallery** kostet das Poster von **Berthe Moriset** 10 €, daher begnüge ich mich doch mit zwei Postkarten.

23.7.08

Bin auf meinem Weg nach Sutton Beach. Habe schon ein Foto am Liffey aufgenommen wegen des Lichts am frühen Morgen. Eine dunkle Figur geht neben dem Fluss auf dem Holzlaufsteg, der parallel zum Fluss läuft, der aufgehenden Sonne entgegen. Es ist ein Mann, der seine Schultern nach vorne gebeugt hat, sein Oberkörper läuft schneller als seine untere Körperhälfte, er ist vielleicht zwischen 30 und vierzig, so scheint es mir, obwohl ich ihn nur von hinten sehe. Über seinen kurz rasierten Nacken quellen schwarze Haare, sein Gesicht schaut nach unten, gewiss ist er auf dem Weg zur Arbeit, er ist bei sich, schaut nicht auf in den Himmel.

Der Fluss reflektiert das Sonnenlicht.

Am Liffey der aufgehenden Sonne entgegen

Gestern meine Haare gewaschen und wieder sehr gut geschlafen.. Als Robert später von der Speicherkarte meine Fotos auf seinen PC überführt, fragt er mich: *„Hast du einen Videofilm gedreht?"* Ich bin mir dessen nicht bewusst, aber als er mir die „verschwundenen" Bilder zeigt, sehe ich, dass ich tatsächlich einen kleinen Film von den Schatten auf der O` Connel Bridge aufgenommen habe. Ich hatte mich schon gewundert, wo diese Bilder geblieben waren. Das war mein erster **Videofilm. Schatten** von Beinen, Füßen, Kleidern, sich verlängernden Figuren auf dem Trottoir der O` Connel Bridge. *„Look Mum!"* ruft ein kleiner, halbnackter Junge in roter Badehose. Zu Beginn sieht man die Bettlerin mit ihrem Kleinkind in der Hocke, sie hält einen coffee to go Becher. Kurz sieht man auch die demonstrierenden Fischer. Ich bin begeistert von den laufenden Schatten, den Stimmen, dem Dublin Bus, der Bettlerin, einem Paar, das stehen bleibt und sich unterhält.

Heute in Sutton probiere ich bewusst die Video option. Es ist ein sonniger Tag. Ich setze mich in den Sand zwischen den Dünen, selten geht jemand am Strand entlang, wenige Familien mit Kindern, vielleicht ist es noch zu früh, 11.00 Uhr.

Sutton Beach

24.7.08

Habe mir gestern einen Sonnenbrand geholt, im Gesicht, auf den Armen und auf den Oberschenkeln. Für Robert Sun Blocker gekauft, denn er fliegt Dienstag für vierzehn Tage nach Norwegen zum Blues Festival und auch zu seinen Freunden in Oslo und am Fjord, wo er sich schon aufs Baden freut.

„Austin" vom **„nutscorner kiosk"** - ja ich habe noch ein **Video** aufgenommen und zwar vom Kiosk auf der **O` Connel Street, Ecke Abbey Street,** fast neben **Clearys** - meinte, dass ich sicher mit dem video einen Preis gewinnen würde, denn ich hätte einen berühmten „nuts" (hier: „Verrückten") aufgenommen. Austin führt den Kiosk schon in der dritten Generation, er erteilt Infos, verkauft seine Zeitungen und ist soziale Anlaufstation, erklärt Anne, die nicht auf dem Video zu sehen sein möchte. Aber ein bisschen, fürchte ich, ist sie doch mit drauf gekommen und eben der dicke nuts, der in die Kamera hinein sagt: *„I`m starving!"* Ich sterbe vor Hunger, was komisch anmutet, denn er hat einen sehr dicken Bauch, aber da ist wohl Bier drinnen. Der nuts möchte von Austin einen Kaffee und etwas zu essen, aber Austin sagt ihm, dass er kein Café sei und so fort. Austin meint zu mir: *„You have to go to Nirvana to forget your guilty about the holocaust"*, also ich solle ins Nirvana gehen, um meine Schuldgefühle wegen des Holocausts zu vergessen. Anna sagt: *„The Irish don`t want to be united"* Die Iren wollen nicht vereinigt werden. West Germany had to pay for east Germany. Sagte das nun Anna oder Austin? The economy after the war became strong in Germany because of the french sector, the englisch, the american, they brought the money like it was in Japan after the war. Die Wirtschaft sei nach dem Krieg gewachsen wegen der ausländischen Sektoren, die Engländer, Franzosen und Amerikaner hätten das Geld gebracht. Ich lasse das sympathische Kiosk Volk alleine, ein Blinder kommt noch ins Bild und eine alte Frau, die sich auf einen Stuhl am Kiosk setzt und ihre schwere Tasche abstellt, sie trägt ein Kopftuch, das unter dem Hals zusammengeknotet ist, so trug man früher Kopftücher, das erinnere ich auch noch. Die Sirenen lassen sich hören, sie gellen alle paar Minuten auf und Leute, die am Stand einkaufen oder vorbei gehen.

Heute stieß ich in **St.Stephen`s Green** auf eine **„Henry Moore" Skulptur**. Ich nehme an, sie stellt eine stehende Frau dar, sie gefällt mir, auch die abstrakte Art, in der er sie dargestellt hat, er gebraucht klare, große Formen. Ein Mann kam mit seiner Mutter daher und meinte, dass ich ihn sicher nicht mit aufnehmen wolle. Er war ins Bild gegangen, als ich die Skulptur von allen Seiten fotografierte. Dann sah ich die Tafel, auf der geschrieben stand, dass es sich nicht um eine Frau handelt, sondern um den **irischen Dichter Wiliam Butler Yeats**, geb. 1865 in

Sandymount, gest. 1939 in Menton in Frankreich (grenzt an Italien), 1923 erhielt er den Nobelpreis: „W.B. Yeats memorial, by Henry Moore. Erected by Admirers of the poet. October 1967"

W.B. Yeats memorial, by Henry Moore.

Auf einer Steinmauer setzte sich später ein farbiger, kleiner Vogel neben mich, ich nahm ihn in einer kleinen Videosequenz auf. Er nennt sich **Robin Redbreast**. Als ich mich ihm näherte, flog er fort, ich folgte ihm mit der Kamera, fing ihn nochmal im Bild ein, aber er flog abermals fort, und seine Spur verlor sich.

Kleine Videohummelsequenz, wie die **Hummel** den Grashalm hochklettert, das war in Sutton am Strand, in der Düne, wo ich meine nackten Beine im Sand aufnahm. Ihre Lebenstage schienen gezählt, als sie bewegungslos neben mir im Sand hockte. Ich hiefte sie auf den Grashalm, sie bekrabbelte sich, erholte sich nach dem zweiten Anlauf. Die stillen Videos haben etwas Rührendes.

Robert hat jetzt Schwarze als Nachbarn. Sie haben wie wir abends das Fenster geöffnet, es ist belebend, sie zu hören, die Frau hört man weniger, aber ihn, es ist unglaublich wie er lachen kann, er bricht oft in ein spontanes Lachen aus. Was ihn zum Lachen bringt, davon habe ich keine Ahnung. Ich habe sie nicht gesehen, aber sein Lachen, seine Intonation in der Sprache sagen mir, dass sie aus Westafrika kommen.

Robert ist zum **Chuck Berry Konzert at the Academy**, ich habe mich hingelegt neben das offene Fenster und höre dem Lachen des froh gelaunten

Afrikaners zu. Ich lese ein bisschen. Immer wieder jagen Hitzewellen durch meinen Körper, Schweißausbrüche.

25.7.08

Nachdem ich Robert die Haare geschnitten habe, nur die Spitzen seines langen Haares, finde ich, dass er wie Oscar Wilde aussieht. Heute Morgen erzählte er, dass ein Besucher des Chuck Berry Konzertes ebendies zu ihm sagte.

Auf meinem Weg zum Liffey kam ich an einem Gebäude vorbei, das hinter seinen Fensterscheiben Bilder sehen ließ, die mir wegen ihrer Einfachheit gefielen, ich vermutete Wasserfarbenmalerei. Der Hausmeister ließ mich in das Gebäude und so sah ich, dass es sich um Drucke handelte, **farbige Drucke**, die, wie eine Angestellte mir sagte, Landschaften darstellten. **Die Drucke** waren von der Dame, die die **Temple Bar Druck Gallery** führt. Wieder draußen hörte ich einem älteren Mann zu, der die Flöte hervorragend spielte. Das empfanden wohl auch andere, denn sein Hut war gut mit Kleingeld gefüllt.

Ich ging weiter und dachte an die Drucke, die zum Teil auch Flächen zeigten, wie es meine Bilder tun. Mir gefiel das bedeckte, verhaltene (Rost)Rot.

Heute lag das Meer sehr weit zurück gezogen, eine kleine Videosequenz mit dem Watt und

Mövenstimmen aufgenommen, das Plätschern der Pfützen durch mein Waten verursacht. Die Sonne kam nicht durch, dafür waren drei Baumaschinen am Strand unterwegs, die entsprechend Krach machten. Außerdem bellte aus den schönen Häusern am Strand von Sutton wieder jede Menge Hund und eine nicht enden wollende Alarmanlage. Auf dem hoch gelegenen Golfplatz fuhren Rasenmäher, das natürlich nicht ohne Motorengeräusche. Trotzdem habe ich den weiten Blick, die menschenleere Weite, das Barfußlaufen genossen.

Im Internet Café für meine Rückreise online eingecheckt, denn Robert hat im Moment keinen Drucker. Nebenan im **Irish Film Institut** meine Schuhe ausgezogen und mich **barfuß auf das Lichtband**, das in der Mitte des Fußbodens wie ein Läufer eingebaut ist, gestellt. Die **Video**kamera in Betrieb gesetzt und mich auch, so filmte ich meine Füße Schritt für Schritt auf dem erleuchteten Laufband, die Geräuschkulisse im IFI ist mit aufgenommen und schon wieder ist die Batterie leer.

26.7.08

Heute morgen rauschte die alte Bettlerin forschen Schrittes an mir vorbei. Sie sah mir selbstbewusst ins Gesicht. Ihres war braun gebrannt, faltenreich, es fehlten ihr Zähne. Nun, von all dem bin ich ja nicht so weit entfernt. Sie trug einen langen, weiten Rock und eine anthrazitfarbene Joppe. Ich hatte mir vorgenommen, sie abermals heute zu fotografieren, ihren zusammen gekauerten Körper an der Hauswand, ihren ausgestreckten Arm mit einem Pappbecher in der Hand, in dem die Münzen erbeten waren, ihren etwas gesenktem Kopf. Und jetzt stratzte sie aufrecht und gerade, strammen Schrittes an mir vorbei, sozusagen zur Arbeit gehend. Ich wagte nicht, ihr hinterher zu fotografieren. Aber ich freute mich, dass sie noch lebendig war, sehr sogar, ich konnte mir vorstellen, dass sie diesen Mann noch leidenschaftlich liebte, mit dem ich sie auf der O` Connel Street auf dem Mittelstreifen in der Nähe vom **Spire** sah, sie trennten sich gerade, sie wirkte etwas enttäuscht, dann gingen sie in verschiedene Richtungen fort. Bald darauf sah ich sie als Bettlerin sitzen. Kassierte er sie ab?

Robert meinte, nach England würde er schon gerne gehen, aber die Jugendlichen seien dort so gewalttätig. Aber es ziehe ihn allmählich weiter, er möchte wieder ruhiger leben, der Verkehr hier beschert einem einen Herzinfarkt, so meinte er

Dann plötzlich die Zusage für sein neues Auslandsprojekt.

Ich verlasse ihn, Dublin, seine Wohnung mit Schmerzen und der Gewissheit, dass es nötig ist, komme was da wolle, es muss eine neuer „Anfang" her.

Auf dem Flughafen angekommen. Etwas nach 4.00 Uhr nachts war ich schon auf der O` Connel Street, als Haltestelle war Royal Hotel Dublin angesagt. Ich stand ein paar Schritte weiter, weil direkt vor dem Hotel einige Nachtschwärmer standen. Ich cremte mir das Gesicht ein, als ich aufsah, fuhr der Bus an mir vorbei. Da ich früher vor Ort gewesen war, geriet ich nicht in Panik. Aircoach hatte Verspätung und so stieg ich mit sieben anderen in ein Taxi. Der Taxifahrer war auf uns zugekommen und bot uns den Trip für 7€ pro Person an, die auch Aircoach genommen hätte, allerdings der Dublin Bus nur 1,9€. Am Flughafen tobte schon das volle Leben.

Hamburg empfängt mich mit 30 Grad. Da es so heiß ist, bin ich in den Park gegangen, liege auf einem grünen Abhang und schaue über mir den schwankenden Birkenkronen zu, folge den bizarren Verläufen der Äste und sehe das Sonnenlicht auf den Blättern glitzern.

Lange verweile ich nicht, muss mich ja erstmal wieder mit Lebensmittel versorgen. Ich staune nicht schlecht, als ich Klaviertöne in der Ottenser Hauptstraße höre. Ich schaue nach oben, denn ich vermute, die Klaviermusik kommt aus einem geöffneten Fenster. Aber nein, da steht wirklich mitten in der Fußgängerzone ein echtes Klavier, ein farbiger Mann erzeugt die wunderbare Klaviermusik. Andächtiges Lauschen der Umherstehenden. Eine Frau, die nur Englisch spricht, kommt auf mich zu, drückt mir einen

Flyer in die Hand, darin wird sein Konzert in der Laeizhalle angekündigt.

Das Klavier, so erfahre ich von ihr, haben sie in dem Geschäft „Klaviere und Flügel" in der Großen Rainstraße, die ganz in der Nähe ist, ausgeliehen.

Die ganze Szene von der Sonne beschienen, wirkt irreal, wie ein Traum, erinnert mich sofort an meine Geschichte „Das Klavier", in dem eine junge Frau auf ein Klavier mitten im Wald trifft, eine ältere Frau spielt …….

Aber sogleich ist auch die Realität wieder da, ein unglücklicher, kleiner Junge und eine überforderte Mutter, beide sprechen kein Deutsch, sehr ärmlich gekleidet. Ich krame in meiner Tasche Sticker hervor, auf denen Tiere sind. Dann gebe ich dem Jungen mein kleines, gelbes Heft, in dem ich noch keine Notizen eingetragen habe, so dass er die Sticker darauf kleben kann und zu Hause vielleicht etwas hinein malen. Ein kleines Lächeln und dann aus den Augen aus dem Sinn…..

Eine Drehung nach rechts, etwas verschoben, Paul Nevermann Platz, und mein Blick fällt zum ersten Mal auf diese Gedenktafel:

„ Von hier - dem Altonaer Bahnhof - wurden am Freitag, dem 28.10. 1938 mehr als 800 polnische Juden aus Hamburg - Männer, Frauen und Kinder - durch die Gestapo an die polnische Grenze abgeschoben. Sie wurden am selben Tage, frühmorgens, verhaftet und in Sammellager gebracht. Von dort transportierte man sie mit Lastwagen zum Bahnhof Altona. Mit einem Sonderzug mussten sie

Hamburg noch am selben Abend verlassen. Viele von ihnen sind später umgekommen."

Bezirksverwaltung Altona 1987

Ich bin wieder in Deutschland.

Denke an Austin vom „nuts corner", der sagte:

„ You have to go to Nirvana to forget your guilty about the holocauste ".

Wer schafft es aber schon, Nirwana zu erreichen.......

Veröffentlichte Bücher:

Dreiklang
Kurzgeschichten, 3 Teile:
Im Schatten der Zeit / Unter der Haut /
Das blaue Buch
Mit Malerei und Fotos, 478 S.

Zweiklang
Familienbeziehungen, Tod der Mutter:
Teil 1: Besuch bei der Mutter
Teil 2: Elbspaziergänge
Mit Malerei und Fotos, 368 S.

Fünfklang
Beziehungen, Fünf Texte:
In den Vierteln / Olgaa / Das Osterfeuer /
Trutzburg / Der Friedri
Mit Malerei und Fotos, 348 S.

Einklang
Briefwechsel 2007 - 2013 mit Denise Epstein, Tochter der in Auschwitz getöteten Schriftstellerin Irène Némirovsky.
Mit Malerei und Fotos, 180 S.

Der goldene Taler
37 Märchen
160 S.

Der seine Stirn an den Baum lehnte
Gedichte
1965 - 2017
268 S.

Besuche in Dublin

Bei meinem Sohn

2003-2008

Mit Fotos, 256 S.

Lydia November, l.n.1

Prosa und Gedichte, Teil 1

Mit Zeichnungen, Radierungen, Plastiken

1980

Vergriffen

LydiaNovember, l.n.2

Prosa und Gedichte, Teil 2

Mit Zeichnungen und Foto

1982

vergriffen

In Arbeit:

Nos échanges
„Einklang" auf Französisch

Nach der Trennung (Arbeitstitel)